„...und ich war nie in Stalingrad."

Books on Demand

Das Buch

Der Zweite Weltkrieg liegt etwa sechzig Jahre zurück. Eine lange Zeit, doch die Ereignisse sollten nicht in Vergessenheit geraten. Noch leben viele Zeitzeugen und Veteranen dieses schrecklichen Krieges. Doch es wird Zeit, ihre Erlebnisse und ihre Sicht der Dinge aufzuzeichnen, bevor es zu spät ist.

Paul Musick, dessen Bericht dieses Buch beinhaltet, ist einer der Überlebenden dieses Krieges. Er schildert seine Erlebnisse während seiner Zeit als Frontsoldat in Rußland. Vor allem aber die längsten und bittersten Jahre seines Lebens, nämlich die, die er als Kriegsgefangener verbrachte.

Der Autor

Christoph Kreide wurde 1960 in Fürstenwalde/Spree geboren. Er übte die unterschiedlichsten Berufe aus und ist heute als Maler und Schriftsteller, hauptsächlich als Lyriker, tätig.

Christoph Kreide

„...und ich war nie in Stalingrad."

Besuche bei Paul Musick

Books on Demand

Bibliographische Information Der Deutschen Bibliothek:
Die Deutsche Bibliothek verzeichnet diese Publikation in
der Deutschen Nationalbibliographie; detaillierte bibliographische Daten sind im Internet über http://dnb.de
abrufbar.

Herstellung und Verlag: Books on Demand GmbH,
Norderstedt

Einbandgestaltung und Layout: Christoph Kreide

Printed in Germany ISBN 3-8334-0351-9

Inhalt

Vorwort   S.   7

Die Front   S.   10

Gefangenschaft   S.   59

An der Wolga   S.   86

In der Ukraine   S.   127

Die Heimat   S.   153

Nachweis der verwendeten Abbildungen:

Einband, die Fotos auf den Seiten 17 und 155 sowie
die Skizze auf Seite 73: Christoph Kreide

Foto auf Seite 25 sowie die Abbildungen auf den
Seiten 119 und 120: Privatbesitz Paul Musick

Die Schreibweise in diesem Buch richtet sich nicht nach
den neuen Rechtschreibregeln.

Vorwort

Unzählige Bücher sind über den Zweiten Weltkrieg geschrieben worden. Drehbuchautoren und Regisseure aller Herren Länder haben sich mit dieser Thematik befaßt. Maler sind von diesem düsteren und unrühmlichen Kapitel der deutschen Geschichte inspiriert worden. Doch meist sind die Geschichten und Lebenswege berühmt gewordener Soldaten und Offiziere aufgegriffen worden. Bilder großer und entscheidender Schlachten wurden gezeichnet.

In einem kleinen Dorf im Osten der Mark Brandenburg lebt ein Mann, heute fast achtzigjährig, der die Schrecken der Ostfront, vor allem aber die langjährige Kriegsgefangenschaft in russischen Lagern kennenlernen mußte. Er ist einer der Überlebenden. Ich habe mich gemeinsam mit ihm entschlossen, seine Erlebnisse aus jener Zeit niederzuschreiben.

Das Leben des Paul Musick ist tief geprägt worden von seinen einschneidenden Erlebnissen als Soldat und Kriegsgefangener. Die

Erinnerungen an diese schreckliche Zeit lassen ihn bis heute nicht los. Seine tiefe Betroffenheit war deutlich bei den Vorarbeiten an diesem Buch zu spüren. Der Krieg ist für ihn stets ein Thema geblieben, oder besser gesagt, ein Alptraum. Ein Trauma. Die Wunden am Leib haben sich zwar geschlossen, doch die Narben auf der Seele sind noch da, werden immer bleiben.

Der Bericht Paul Musicks, der den Hauptteil des vorliegenden Buches bildet, ist von mir fast wörtlich übernommen und aufgeschrieben worden. Die Sprache ist einfach gehalten und klar. Ohne Schnörkel und Verzierungen, genau passend also zum Thema. Es ist die Sprache eines bodenständigen Landwirts, die gerade durch ihre Schlichtheit Kultur und Schönheit in sich birgt.

In diesem Bericht ist nichts beschönigt, nichts dramatisiert, nichts hinzugefügt. Es geht um das Schicksal eines einfachen Soldaten, dessen Jugendzeit einem der grausamsten Kriege der Menschheitsgeschichte zum Opfer fiel. Ein Schicksal, das stellvertretend für das ungezählter Soldaten aller Nationen steht, die auf den Schlachtfeldern dieses Krieges kämpfen mußten. Ein Schicksal, das als Mahnung und Erinnerung all jenen dienen mag, die in Frieden und ohne Todesangst leben können.

Christoph Kreide im Herbst 2003

Die Front

Es ist ein kalter Wintertag, als ich mich auf den Weg mache. Das Jahr hat sich seinem Ende zugeneigt. Die Felder sind schon lange abgeerntet, die Zugvögel sind der Wärme entgegengeflogen und der Duft der Kartoffelfeuer ist nur noch Erinnerung. Verblaßt, aber ich habe das feine bittere Aroma noch in der Nase. Hier und dort hat der Herbst ein paar braune welke Blätter hinterlassen, die wie kleine Tupfer auf den Höfen und Wegen liegen. Das Land hat eine Jacke aus Reif übergezogen und liegt bucklig unter dem kalten Schneehimmel. Das Dorf ist weiträumig in Wälder eingebettet. Kiefernwälder zumeist, wie so typisch im Brandenburgischen. Ich habe erfahren, daß diese Waldungen früher einmal Mischwälder waren und es gibt Bemühungen, diesen Zustand wiederherzustellen. Vereinzelt stehen Birken mit ihren hellen Stämmen, manchmal sogar in kleinen Gruppen.

Ich trage meine alte Aktentasche in der Hand, in der ich Diktiergerät und Schreibzeug verstaut habe. Der Wind pfeift über das

Feld und ich bin froh, daß der Weg kurz sein wird. Der Fußsteig ist vom Schnee befreit. Die gestutzten niedriggehaltenen Linden säumen kahl und schwarz die breite Dorfstraße. Auf den Höfen ist es ruhig. Im Winter an den dunklen Tagen überkommt mich manchmal das Gefühl, ich wäre ganz allein im Dorf. Es ist ein winziger Ort, Heimat für etwa hundert Seelen. Eingebettet in eine Landschaft von eigenem Zauber. Wälder, Hügel, Seen und Wasserläufe in urwüchsigen Tallandschaften prägen das Gesicht der Gegend. Eiszeitliche Formationen von überraschender Vielfalt.

Und hier wohne ich mit meiner Familie. Seit einigen Jahren erst, ich bin ein Zugereister. Nicht so meine Frau; sie ist hier aufgewachsen und hat später zwanzig Jahre ihres Lebens in der Stadt verbracht. Und hier, nur ein paar Gehöfte weiter, lebt auch Paul Musick, den ich heute besuchen will. Ich gehe zu ihm, weil ich ein Buch schreiben will. Ein Buch über sein Leben. Oder besser, ein Buch über seine Jugend, einen Teil seiner Jugend, die er im Zweiten Weltkrieg als Soldat und Kriegsgefangener verbringen mußte.

Die Leute hier wissen, daß Paul Musick oft

von seinen Kriegserlebnissen erzählt. Das mag den einen oder anderen auf Dauer langweilen. Mich nicht. Mich interessiert es, was jemand im Krieg erlebt hat, wie er diese Erlebnisse verarbeitet hat. Mein Vater war ebenso Soldat in diesem Krieg. Die ganze Zeit über von 1939 bis 1945 als Angehöriger der Luftwaffe. Er hat immer wieder davon berichtet. Auch ihn ließ dieses Kapitel zeitlebens nicht los. So bin ich schon als Kind mit dieser Thematik vertraut gemacht worden und mein Interesse an den Schicksalen der Kriegsteilnehmer ist bis heute erhalten. Und ich weiß, daß der letzte Krieg noch nicht lange genug zurückliegt, um ihn gänzlich aus unseren Köpfen streichen zu können.

Die Menschen im Dorf haben oft erwähnt, daß Paul Musick immer von Stalingrad erzählt. Das hat mich natürlich besonders gereizt und eigentlich den Ausschlag für mein Vorhaben gegeben. Inzwischen weiß ich aber von ihm selbst, daß er nie in Stalingrad war. Sicher haben einige der Zuhörer Kälte, Rußland und Krieg assoziativ mit dem Schauplatz Stalingrad in Verbindung gebracht. Vielleicht aber haben sie auch nicht ganz so genau zugehört, wenn er erzählte. Ich werde ihm zuhören. Und das Buch soll „...und ich war nie in Stalingrad." heißen. Nicht zuletzt deshalb, weil niemand dort gewesen sein muß, um es dann endlich für uns wert zu sein, in einem Buch erwähnt zu werden. Weil eigentlich die Lebensgeschichte eines jeden Menschen wichtig genug ist, um niedergeschrieben zu werden.

Das Leben hier im Dorf ist in gewisser Weise eintönig. Das Dorf ähnelt einem kleinen Boot auf hoher See. Das vor sich hin dümpelt in der rollenden Dünung. Es hat keinen Anker und keinen Steuermann. Es hat sozusagen ein Eigenleben entwickelt. Es gibt sich den Strömungen hin. Wind und Gezeiten, Ebbe und Flut. Am Stand der Sterne ist die Fahrt zu sehen. Horizonte kommen und gehen. Aber das Boot scheint sich nicht von der Stelle zu bewegen.

Während ich die Straße entlangstapfe wächst die Spannung in mir. Die Spannung darauf, was ich wohl in den nächsten Stunden hören werde. Berichte über das Leben eines Mannes, eines Nachbarn, von dem ich bisher eher wenig wußte. Ein Mann, der ruhig und unauffällig im Dorf lebt.

Und da bin ich auch schon am Ziel. Herrn Musicks Anwesen liegt vor mir. Wohngebäude, Stall und Nebengelaß. Große wuchtige Gebäude, die Stallungen üblicherweise im soliden Backsteinbau. Es läßt sich auch heute noch erahnen, daß hier einst eine große Bauernwirtschaft betrieben wurde. Der Hof ist weiträumig, das Gras ist kurzgemäht zum Winter. Bewacht wird das Grundstück von einem schwarzen eher kleinen Hund, der mich aber mit viel Getöse empfängt. An der Haustür sitzt eine Katze, die mich nicht beachtet. Den aufgebrachten Wächter habe ich inzwischen mit einem Hundekeks besänftigen können. Auf das Gebell hin öffnet sich die alte ehrwürdige Verandatür. Ich reiche Herrn Musick die Hand und trete ein.

Wir gehen in die geräumige Küche. Duft nach Rauch und Kien dringt in meine Nase. Im Heizungsofen und in der Kochmaschine prasseln muntere Holzfeuer. Schon dieses Geräusch allein jagt mir einen wohligen Schauer über den Körper. Sonst ist es fast still im Raum. Nur der blaue Emailletopf mit Wasser, der auf der Kochmaschine steht, summt und zischelt vor sich hin. An der Wand tickt die Küchenuhr. Ich habe den

Schreibblock ausgepackt und das Diktiergerät auf den Küchentisch gestellt. Wir sitzen uns gegenüber. Ich muß daran denken, daß Herr Musick schon in diesem Haus lebte, als er noch Kind war. Und dieses Haus hat ihn nach dem Krieg wieder beherbergt und hat sein Dach über ihn gebreitet. Bis heute. Ein Ort der Wiederkehr, ein Ort des Zuhauseseins. Eben Heimat. Und so lebten schon Generationen in diesem Haus. Die hier geboren wurden und die hier starben. Ein Kommen und ein Gehen.

Paul Musicks Hände liegen auf dem Tisch. Die Hände eines Mannes, der sein Leben lang schwer gearbeitet hat. Breit und schwielig sind sie. Hände können Geschichten erzählen. Man muß nur ganz still werden, um sie zu verstehen. All die kleinen Narben und Falten haben etwas von der Vergangenheit in sich aufbewahrt. Haben das Leben in sich gespeichert in all seinen Höhen und Tiefen. Die Hände sind überall dabei, selbst wenn die Gedanken ganz woanders sind.

Ich habe ein wenig Zeit, um ein paar biographische Daten zu formulieren und zu notieren. Und dann komme ich nicht umhin, einige Sätze zum Verlauf des Krieges aufzuschreiben, wie er sich zu der Zeit gestaltete, als Paul Musick Soldat werden mußte. Ich glaube, daß das wichtig ist für das Verständnis der Situation, die sich damals dem jungen Soldaten bot.

Paul Musick wurde am 29.11.1924 in Oelsen geboren. Die Familie Musick besaß zu jener Zeit einen Bauernhof in der Größe von siebzig Hektar Land. Davon waren etwa zweiundvierzig Hektar Waldflächen. Die Familie betrieb Ackerbau und Viehzucht, so wie alle Bauern. Die Arbeit war schwer, denn der Boden in dieser Gegend ist karg, sandig. Die Erträge müssen der dürren Erde abgerungen werden. Damals gab es viel Handarbeit, heute erleichtern Maschinen die Arbeit. Paul Musick, der noch zwei Brüder hat, besuchte in den Jahren 1931 bis 1939, dem Jahr, in dem Hitler seinen Vernichtungskrieg vom Zaun brach, die Schule in Groß Briesen. Anschließend erlernte er den Beruf eines Landwirts und arbeitete auf dem elterlichen Hof.

Das kleine Dorf im Osten Brandenburgs, nahe Frankfurt an der Oder, gehört heute zur

Dieser Anblick bietet sich heute, wenn man das Dorf nach Norden in Richtung Grunow verläßt.

Stadt Friedland. Es wurde eingemeindet im Zuge der Gemeindegebietsreform.

Der Zweite Weltkrieg tobte bereits seit drei Jahren, als der gerade Achtzehnjährige seine Einberufung zum Militärdienst erhielt. Hitlers Armeen standen an verschiedenen Fronten. Die anfänglichen Erfolge der deutschen Wehrmacht, beispielsweise in Polen und an der Westfront, blieben mittlerweile aus. Der deutsche Generalstab hatte sich als militärisches Ziel die Vernichtung der Roten Armee gesetzt. Ferner sollte soviel Raum eingenommen werden, daß es der Luftwaffe einerseits gelingen konnte, die Industrieanlagen jenseits des Ural zu vernichten und gleichzeitig zu verhindern, daß Flugzeuge der Roten Armee Deutschland erreichen und angreifen konnten. Für diesen Feldzug war der Plan „Barbarossa" ausgearbeitet worden. Hitler allerdings hatte eigenmächtige Veränderungen an diesem Plan vorgenommen. So legte er beispielsweise Stalingrad als primäres Angriffsziel fest, anstatt zu versuchen, wie eigentlich geplant, Moskau einzunehmen. Vielmehr legte er die sowjetische Hauptstadt als sekundäres Angriffsziel fest. Die Wehrmacht schätzte die benötigte Zeit für dieses Unternehmen auf vier bis sechs Wochen. Doch bereits in der Vorbereitungsphase zeigten sich erhebliche Schwierigkeiten. Im Juni 1941 begann die Wehrmacht ihren Angriff, doch der als Blitzkrieg geplante und zunächst auch erfolgversprechende Feldzug gegen die Sowjetunion begann schon bald in Morast und Kälte der unendlichen russischen Weite steckenzubleiben. Krampfhaft wurde versucht, entstandene Löcher in der Front zu flicken, bereits erobertes Terrain mußte wieder aufgegeben werden. Die Moral der kämpfenden Truppe begann zu sinken; Hunger, Kälte und Angst forderten ihren Tribut. Doch in der Heimat, im fernen Deutschland, gaukelte die Propaganda den Menschen immer noch den unerschütterten Glauben an den „Endsieg" vor. Und junge Rekruten wurden scharenweise an die Front geworfen.

Inzwischen hat Herr Musick Holz nachgelegt, wohlige Wärme verbreitet sich in der Küche. Ich fühle mich heimisch hier. Fast andächtig sitze ich auf dem Küchenstuhl und lasse die Atmosphäre des Raums auf mich wirken. Es ist, als wäre ich schon oft hiergewesen, dabei habe ich heute zum erstenmal in meinem Leben diese Küche betreten.

Und dann beginnt er zu erzählen, geordnet und genau, als läge das Erlebte nicht sechzig Jahre zurück. Als wäre es gestern gewesen und ich habe das Gefühl, ich würde eine Zeitreise unternehmen. Während ich aus dem Küchenfenster schaue überlege ich unwillkürlich, was ein junger Mann in Kriegszeiten wohl empfinden mag, wenn er seinen Einberufungsbefehl in den Händen hält.

Alle ziehen sie in den Krieg. Manch einer kehrt nicht zurück. Vermißt, gefangen, gefallen auf einem der unzähligen Schlachtfelder Europas, Asiens und Afrikas. Und jeder der frisch Einberufenen weiß das. Und nicht zuletzt sind die Wunden, die der Erste Weltkrieg geschlagen hat, noch nicht verheilt.

Empfanden die jungen Männer Freude, Stolz, endlich teilhaben zu können an einer großen Sache? Einer Sache, die offenbar einem ganzen Volk am Herzen lag? Führung und Propagandamaschinerie drehten geschickt und mit viel Kraft an gewaltigen Rädern. Es wurde eine Art Aufbruchstimmung erzeugt und persönliche Interessen wurden denen der Nation untergeordnet. Der tief im Innern sitzende Herdentrieb des Menschen wurde genutzt und mißbraucht.

Oder schwang doch auch die Angst vor Tod und Verwundung in den Gedanken der frischgebackenen Rekruten mit? Vielleicht wurden diese Gedanken verdrängt. Abenteuerlust, Träume von Heldentaten und dem nicht zu unterschätzenden Gefühl der Dazugehörigkeit traten sicher in den Vordergrund und löschten aufkommende Zweifel und Ängste.

Paul Musicks Stimme holt mich zurück in die Gegenwart.

Am 9. Dezember 1942 bekam ich meinen Einberufungsbefehl. Ich mußte nach Schwerin an der Warthe, das liegt heute in Polen, zur Infanterie. Dort bekamen wir zunächst eine Ausbildung und ich wurde wegen eines Augenfehlers von einem Militärarzt „GVH" („Garnisonsverwendungsfähig") geschrieben, während meine Kameraden bereits nach Rußland zur weiteren Ausbildung kamen, in deren Verlauf sie auch schon zur Partisa-

nenbekämpfung eingesetzt wurden. Ich kam zum Lehrstab für Offiziersschießlehrgänge nach Jüterbog, Altes Lager. Dort befanden sich aus Hitlers verbündeten Armeen Ungarn, Rumänen, Italiener und von unserer Wehrmacht Offiziere, die vor ihrem Fronteinsatz den letzten Schliff ihrer Schießkenntnisse erhalten sollten. Wir mußten dann entsprechend der Befehle dieser Offiziere mit Übungsmunition auf Häuser- und Panzerattrappen und dergleichen schießen. Wir merkten schnell, wie unerfahren diese Offiziere noch waren und wieviel Übung es erfordert, den Kanonieren die richtigen Befehle zu geben. Insgesamt hatte ich eine gute Zeit in diesem Ausbildungslager.

Nach einem Vierteljahr wurde ich erneut vom Arzt untersucht und diesmal schrieb er mich „KV" („Kriegsverwendungsfähig"). Ich kam mit einigen Kameraden zum Infanterieregiment Nr.9 nach Potsdam. Das war ein Traditionsregiment, das noch aus der Zeit des „Hunderttausend-Mann-Heeres" stammte. Viele Offiziere, die in diesem Heer gedient hatten, waren da vertreten. Meist waren das Gutsbesitzersöhne und auch unser ehemaliger Bundespräsident Richard v. Weizsäcker *hatte da vor dem Krieg aktiv gedient. Wir erhielten hier unsere letzte Ausbildung von Juni bis September 1943. Ich war in dieser Zeit zusätzlich zum Dienst Putzer beim Stabsfeldwebel. Unter anderem mußte ich dafür sorgen, daß seine Stiefel und das Koppel geputzt waren und war auch verantwortlich für das Heranholen seiner Mahlzeiten. So hatte ich einen guten Kontakt zu ihm und im September, als die ersten Marschbataillone nach Rußland gingen, kamen wir ins Gespräch. Ich fragte: „Herr Stabsfeldwebel, warum bin ich denn immer noch nicht dabei?" Da meinte er zu mir: „Paul, willst du dahin? Wenn du einmal dort warst, sehnst du dich nicht mehr danach. Du wirst hier in Potsdam noch so viel mit den Russen zu tun haben. Du wirst am Kasernentor mit deinem zweiundvierziger Maschinengewehr liegen und schießen und die Russen werden angreifen!" So äußerte er sich schon damals einem einfachen Soldaten gegenüber, obwohl es zu damaliger Zeit sehr riskant war, eine solche Meinung laut zu sagen.*

Beim nächsten Marschbataillon war ich dann tatsächlich dabei. Es ging früh um sechs Uhr mit Kapelle und Marschmusik zum Bahnhof

*in Potsdam, durch den Lustgarten hindurch.
Dort standen schon die S-Bahnen bereit und
als wir einstiegen, wurde das Lied „Komm
zurück, ich warte auf dich, denn du bist für
mich..." gespielt. Das war damals im Krieg
ein gängiger Schlager und ich mußte daran
denken, ob ich wohl auch zurückkommen
würde. Dann fuhren wir zum Schlesischen
Bahnhof, wurden dort in Viehwaggons verladen und kamen zum Truppenübungsplatz
nach Wandern. Das liegt heute in Polen,
nicht weit von Frankfurt (Oder). Dort wurden wir in einem großen Barackenlager gesammelt. So ein Marschbataillon umfaßte ja
immerhin zweitausend Mann. Wir erhielten
neue Ausrüstung, angefangen von Unterwäsche bis hin zum Tornister. Und dann ging
es auf den Marsch nach Rußland. Ein paar
Tage vorher hatte ich nach Hause geschrieben, daß ich jetzt an die Front komme. Und
da hat mich mein Vater noch besucht.*

Paul Musick macht eine kleine Pause, hängt
seinen Gedanken nach. Auch ich denke nach
und versuche mir die Situation vorzustellen,
die mir gerade beschrieben wurde. Ein Vater,
der seinen Sohn besucht, unmittelbar bevor
der an die Front geht. Ein Vater, der bereits

Paul Musick als junger Rekrut.

einen Weltkrieg miterleben mußte. Und der nicht weiß, ob er den Sohn je wiedersehen wird. Vielleicht erinnerte er sich an den eigenen Marsch zur Front, damals noch unter der Flagge des Kaisers. Als genauso Millionen von Menschen den Krieg bejubelten wie im Dritten Reich. Als die Mütter noch keine Nachrichten hatten vom Heldentod der Söhne und als noch keine Kriegskrüppel durch die Straßen der Städte und Dörfer hinkten. Aber der Vater, der den Ersten Weltkrieg überlebt hatte, wußte um das Grauen der Schlachtfelder. Um den tausendfachen Tod, das Blut und die Angst der Soldaten. Was mag er wohl in diesem Moment des Abschieds durchgemacht haben? Das kann sicher nur jemand nachempfinden, der selbst schon einmal in einer solch schrecklichen Situation war.

Draußen weht immer noch der kalte Winterwind. Das Grau des Tages läßt mich frösteln. Die Winterzeit ist eine ganz besondere Zeit. Alles scheint zu ruhen. Menschen und Tiere ziehen sich in ihre Behausungen zurück. Die Zeit der Gedanken und der Schwermut ist gekommen. Das Treiben der Menschen ist gemächlicher geworden. Die

Welt scheint sich langsamer zu bewegen. Eine Zeit des Verharrens und des Wartens auf einen Neubeginn im Frühling.

Von der Straße dringt das Geräusch eines vorbeifahrenden Autos herein. Dann ist alles wieder still. Die Zeit tröpfelt ganz langsam mit dem Ticken der Küchenuhr dahin. Draußen im Gebüsch vor dem Fenster sitzen aufgeplusterte Spatzen. Still sitzen sie da und schweigend. Paul Musick räuspert sich, bevor er weiterspricht

Unsere Fahrt ging dann über Oberschlesien bis kurz vor Wien und wir freuten uns, dachten wir doch, wir kämen jetzt nach Italien und nicht nach Rußland. Doch in Ludenburg, das war ein Vorort von Wien, bog der Zug plötzlich ab und es ging durch Ungarn, über Budapest, dann in Richtung Rumänien und weiter bis nach Odessa. Das war dann der Grenzübergang nach Rußland. Dort lernte ich auch zum erstenmal russische Zivilbevölkerung kennen. Als wir auf dem Bahnhof Aufenthalt hatten, kam eine Schar kleiner zerlumpter Kinder, die auf dem Bahnsteig tanzten. Einige von uns warfen den Kindern ein paar Pfennige hin.

Nach drei Wochen im Viehwaggon waren wir endlich angekommen. Verglichen mit dem, was uns später an der Front erwartete, waren es drei gute Wochen. Immerhin hatten wir Marketenderware, auch Schnaps, und wir schliefen einfach herrlich im schaukelnden Zug.

Am 22. Oktober begann dann der Krieg für uns. Wir waren abgestellt zur 257. Infanteriedivision, dazu gehörten die Regimenter 477, 466 und 457. Ich kam zum 477. Regiment. Nachdem alle aufgeteilt waren, blieben zwölf Mann übrig, zu denen ich auch gehörte, und wurden einem Oberfeldwebel unterstellt. Und der erläuterte uns auch gleich unseren ersten Einsatz. Der Russe hatte nämlich südöstlich von Dnjepropetrowsk einen Brückenkopf gebildet. Der deutsche Rückzug war so überhastet geschehen, daß sogar die Geschütze zurückgelassen worden waren. Wir wurden mit Bussen bis dicht hinter die Linien gefahren und ehe wir es uns versahen, waren wir auch schon in den Stellungen.

Wir zwölf Übriggebliebenen, die so richtig keiner Kompanie angehörten, wurden nun mal hier und mal dort eingesetzt. Überall da, wo mehr geschossen wurde, kamen wir hin. Am Nachmittag mußten wir das Dorf, in dem wir uns befanden, durchqueren. Auf der anderen Seite zog sich eine Hecke als Windschutzstreifen hin. Dort lagen auch unsere Stellungen und wir mußten uns eingraben. Es dauerte nicht lange und zu unserer Beunruhigung sickerte durch, daß vom Ersatz schon ein Mann durch Herzschuß gefallen sei. Wir bekamen einfach Angst. Es wurde ja auch heftig geschossen, man konnte den Kopf kaum aus dem Graben nehmen. Die Borke der Hecke spritzte durch die Gegend, wenn der Russe auf uns schoß. Das ging so bis zur Nacht. Es war stockfinster. Und kalt. Obwohl es am Tage noch sehr warm war, gab es nachts schon Frost. Morgens war dann alles grau. Wir bekamen etwas zu essen, Kohlsuppe mit richtig großen Brocken Fleisch. Daran kann ich mich noch genau erinnern.

Dann kam der 25. Oktober. Der Russe schoß mit Artillerie und die Infanterie auf beiden Seiten feuerte. In der Ferne hörten wir ständig das Brummen der russischen Panzer. Meine einzige Hoffnung war, daß sie nicht zu uns kommen würden. Ich dachte, wenn die da sind, dann ist alles aus. Wir werden einfach überrollt. Am Vormittag hieß es dann plötzlich: „Munition holen!" Aus dem Nachbarloch sprang ein Obergefreiter mit einem Kameraden und lief mit ihm die zweihundert Meter bis zum Dorf durch eine Obstplantage. Später kamen beide dann tatsächlich mit Munition wieder. Am Nachmittag kam wieder der Befehl: "Munition holen!" Niemand rührte sich. Da hörte ich, wie der Obergefreite aus dem Nachbarloch sagte: „Die Neuen können auch mal gehen..." Ich wollte nicht als feige gelten und sagte zu meinem Kumpel: „Komm, wir gehen!" Gesagt, getan. Wir sprangen aus dem Loch und liefen geduckt durch die Plantage. Nach vielleicht fünfzig oder sechzig Metern traf mich ein Schuß im Oberschenkel. Ich warf mich auf den Boden und rief zu meinem Kumpel: "Ich bin getroffen!" Es blieb uns jetzt nichts anderes übrig, als bis zum Dorf weiterzukriechen. In dem Gebäude, aus dem wir die Munition holen sollten, war zum Glück auch gleich ein Sanitäter. Der sah sich die Wunde an und meinte: "Ist nicht weiter schlimm, nur eine Fleischwunde, ein Durchschuß." Und ich war zunächst ersteinmal erlöst. Der Sanitäter verband die Wunde und meinte dann, ich solle zum Ausgang des Dorfes gehen. Dort *stünden die Panzer, die zurückgehen würden. Die könnten mich zum Hauptverbandsplatz mitnehmen. Der Weg dahin führte allerdings durch eine vom Russen gut einsehbare Schneise. Ich dachte: "Nur durch hier, ohne womöglich noch etwas vom Artilleriefeuer abzubekommen..." Aber ich hatte Glück, erreichte tatsächlich die Panzer und die nahmen mich dann auch mit. Unterwegs gab es einen kurzen Halt und es war so warm, daß wir unsere Jacken auszogen und die Sonne genossen.*

Am Hauptverbandsplatz stellte ich mich dem Arzt vor. Die Verwundeten bekamen nach der Untersuchung kleine Pappschilder um den Hals gehängt. Diese Karten trugen entweder die Aufschrift „LZ" oder „KSK". Auf meiner stand „LZ". Ich fragte einen Kameraden, der schon länger in Rußland zu sein schien, nach der Bedeutung dieser Abkürzungen. Er meinte, „LZ" bedeute „Lazarettzug" und „KSK" stünde für „Krankensammelkompanie". Letzteres stand auf seiner eigenen Karte und er deutete mir noch an, daß ich vielleicht Glück hätte und zurück nach Deutschland käme. Die „KSK"-Kandidaten dagegen wurden gesammelt, kamen dann nach Lemberg in Polen und wurden nach der Ausheilung sofort wieder in ihren Einheiten an der Front eingesetzt. Heute denke ich, der Arzt muß wohl Mitleid mit mir gehabt haben, weil ich damals noch so jung war, als er „LZ" auf meine Karte schrieb.

Dann war ich endlich im Lazarettzug. Ich hatte noch eine Taschenuhr bei mir, die mir mein Vater gegeben hatte und die noch vom Großvater stammte. Ich wollte nach der Uhrzeit sehen und stellte fest, daß die Kette kaputt war. Die Uhr hatte ich in der linken Hosentasche getragen. Da habe ich die Uhr gründlicher untersucht. Ich merkte, daß ich bei der Verwundung großes Glück gehabt hatte. Hätte sich mein linkes Bein in dem Moment, als ich getroffen wurde, nicht vorne befunden, so hätte ich einen Durchschuß durch beide Oberschenkel bekommen und die Kugel hätte sicherlich auch noch die Geschlechtsteile getroffen. Und solche Verwundungen waren dann schon kritisch, wenn nicht sofort Hilfe durch Arzt oder Sanitäter da war. So hatte ich wirklich großes Glück im Unglück.

Zunächst kamen wir bis Giessen. Hier wurden die Verwundeten nochmal sortiert und die leichteren Fälle, zu denen ich ja auch gehörte, wurden in einer Turnhalle untergebracht. Später kam eine neue Untersuchung durch einen Arzt. Da meine Verwundung schon zu heilen begann, immerhin waren ja inzwischen fast vierzehn Tage vergangen, nahm ich mir vor, wenigstens etwas zu hinken, um nicht als Simulant dazustehen. Der Arzt drückte an der Wunde herum und fragte mich prompt, wo denn mein Ersatztruppenteil sei. Weil ich aber an der Front noch keiner festen Kompanie zugeteilt war, fehlte natürlich auch ein entsprechender Eintrag in meinem Soldbuch. Jetzt war ich aber pfiffig. Ich wußte ja, daß mein Ersatztruppenteil vom Regiment 477 in Beselitz dicht an der polnischen Grenze lag, stellte mich aber unwissend. Da meinte der Arzt: "Dann müssen Sie eben hierbleiben!"

Die Nachforschungen, die nun angestellt wurden, dauerten dann noch etliche Tage. Ich glaube, es war am 25. November, als ich zur Schreibstube befohlen wurde. Dort wurde mir eröffnet, daß ich meinen Genesungsurlaub antreten könne und mich anschließend bei meinem Ersatztruppenteil, dessen Standort inzwischen ausfindig gemacht worden *war, zu melden hätte.*

Also setzte ich mich am Nachmittag in den Zug, fuhr die ganze Nacht hindurch und kam gegen Morgen, ein paar Tage vor meinem Geburtstag, auf dem Bahnhof in Groß Briesen an. Vor mir lagen zwei Wochen Urlaub. Ich weiß noch, daß mir meine Mutter, als ich wieder zurück mußte, ein Paket Griebenschmalz mitgab. Im Ersatztruppenteil angekommen, mußte ich mich beim Spieß melden. Der fragte: "Haben Sie schon Erholungsurlaub gehabt?" Ich antwortete: "Nein, nur Genesungsurlaub!" Und so bekam ich einen neuen Urlaubsschein, wieder für vierzehn Tage, und fuhr am selben Abend erneut nach Hause. So konnte ich dann Weihnachten 1943 in meiner Heimat verbringen. Ich wußte damals natürlich noch nicht, daß es bis 1949 das letzte Weihnachten zu Hause sein sollte.

Genau zu Silvester mußte ich dann wieder zur Truppe. Der Zug hatte große Verspätung, so daß ich mir deshalb von der Bahnhofspolizei noch eine Bestätigung einholte, weil ich ja dadurch meine Urlaubszeit überschritten hatte. Aber im Standort interessierte das niemanden. So machte ich in der Fol-

gezeit Dienst in der Genesungskompanie, bis der nächste Transport fällig war. *Und jetzt fielen mir wieder die Worte des Stabsfeldwebels ein, bei dem ich während der Ausbildung Putzer war, und ich überlegte, was ich wohl machen könnte, um nicht wieder an die Front zu müssen. Also ging ich zur Schreibstube und erkundigte mich, ob ich mich zum Dienst über zwölf Jahre als Berufssoldat verpflichten könnte. Ich war damals ein zackiger Soldat und knallte in der Schreibstube so richtig die Hacken zusammen. Nachdem ich mein Anliegen vorgetragen hatte, erkundigte sich der Hauptfeldwebel nach meiner Fronterfahrung. Ich sagte: "Zwei Tage, Herr Hauptfeldwebel!" "Das ist zu wenig," entgegnete er. "Wie heißen Sie denn?" fragte er dann. "Grenadier Musick," antwortete ich. Und scheinbar, weil meine Stiefel bei der Meldung so geknallt hatten, sagte er: "Donnerwetter, da steckt wirklich Musik drin!"*

Ende Januar war ich dann beim nächsten Marschbataillon mit aufgestellt. Da rief mich der Hauptfeldwebel zu sich und sagte: "Sind Sie nicht der Soldat, der sich für zwölf Jahre verpflichten wollte? Wollen Sie das noch machen?" "Herr Hauptfeldwebel," antwor-

tete ich, „ich bin wieder aufgestellt zum Marschbataillon, jetzt bin ich wieder dabei!" Nachdem die Transporte endgültig aufgestellt waren, besuchte mich mein Vater wieder kurz vor dem Abmarsch. „Na, Junge," sagte er, „es wird nicht jedesmal so gut klappen, daß du wieder heil zurückkommst..."

Die Stimme des Erzählers ist belegt. So stark ist noch die Erinnerung. Vor ein paar Wochen erst dem Tod und dem Krieg entronnen, geht es nun erneut an die Front. Es gilt, das Glück zum zweitenmal herauszufordern und es gibt in diesem Fall keine Alternative. Der Soldat Musick hat keine andere Wahl, er muß wieder kämpfen. Und schon vorher erinnert er sich an die Worte seines ehemaligen Vorgesetzten, der versucht hatte ihm klarzumachen, was Krieg eigentlich bedeutet. Wie oft kann ein Soldat den Kugeln entkommen? Wie oft bleibt er von einer einschlagenden Granate verschont? Wie tief muß er sich in die Erde wühlen, um vor Scharfschützen verborgen zu sein? Fragen, die im Kopf sitzen und nicht mehr loslassen. Tod und Verstümmelung sind im Krieg allgegenwärtig. Die Gefahr lauert im Verborgenen und es gibt keinen wirklichen Schutz, nirgends Sicherheit.

Wir haben uns ein Glas Wein eingegossen, das Reden macht durstig. Auch das Zuhören. Und ich muß immer wieder das Gehörte verarbeiten. Ich möchte, daß ein Bild in meinem Kopf entsteht. So klar, daß ich es malen könnte. Das Bild einer verratenen und geopferten Generation. Einer Generation, die hinausgeschickt wurde um die menschenverachtenden Pläne eines Wahnsinnigen zu verwirklichen. Der bis zum Ende ungerührt zusah, wie Millionen von Menschen sinnlos umkamen. Und der sich nicht schämte, ein ganzes Volk zu belügen. Der noch vom Endsieg redete, als der Fall der Reichshauptstadt nur noch eine Frage der Zeit war.

Herr Musick kommt mit einem Korb Holz von draußen zurück und gibt dem Herdfeuer neue Nahrung. Die Gemütlichkeit der Küche schafft Wohlbehagen. Ein Kontrast zu den Schilderungen des Krieges. In solchen Momenten ist es schwer vorstellbar, daß es noch etwas anderes gibt auf der Welt als Wärme und das Gefühl des Geborgenseins.

Wieder fuhren wir endlose Tage mit dem Zug

nach Rußland. Irgendwo auf der Strecke wurden wir sogar von Partisanen angegriffen. Wir mußten uns in den Waggons auf den Boden legen. Der Zug hielt und Soldaten vom Begleitkommando sprangen mit Maschinengewehren aus den Wagen. Aber wenn ich mich recht erinnere, brauchten sie nicht einmal zu schießen, da sich die Russen nach dem kurzen Angriff sofort wieder zurückgezogen hatten. Anschließend ging die Fahrt weiter in Richtung Front.

Diesmal zeigte sich die Lage dort draußen schon bedenklicher als bei meinem ersten Einsatz. Die ersten Tage lagen wir in in den Stellungen, aber danach ging es laufend zurück. Scheinbar war der Russe im Mittelabschnitt durchgebrochen. Wir lagen im Südabschnitt und um nicht eingekesselt zu werden, mußten wir Nacht für Nacht dreißig bis vierzig Kilometer zurückgehen. Wir müssen uns damals schon fast vor der Einkesselung befunden haben, denn einmal sah ich, wie JU-52-Transportflugzeuge Verpflegung und Ausrüstung mit dem Fallschirm abwarfen. Die Märsche fanden unter denkbar schlechten Bedingungen statt. Überall war Matsch und Schlamm, denn teilweise hatte schon Tau-

wetter eingesetzt.

Eines Tages wurden wir vom Russen mit Granatwerfern beschossen, während wir in unseren Stellungen lagen. Unmittelbar darauf erfolgte ein Angriff der russischen Infanterie. Wir erwiderten diesen Angriff mit Maschinengewehrfeuer und schossen mit unseren Karabinern. Bei dieser Schießerei brach an meinem Gewehr ein Teil des Patronenauswurfs ab. So mußte ich nach jedem Schuß mit drei zusammengeschraubten Gewehrstöcken die leere Hülse aus dem Lauf drükken, bevor ich dann nachladen konnte. Natürlich hatte ich Angst davor, daß der Russe unsere Stellung stürmen könnte. Dann hätte ich sicher keine Chance gehabt. Aber wir konnten den Angriff abwehren und der Russe zog sich wieder in die eigenen Stellungen zurück.

In den ersten Tagen, als wir in den Schützengräben lagen, waren diese Stellungen noch nicht ganz fertig. Unser Unteroffizier dachte wohl, daß wir länger bleiben würden und so mußte ich als Neuer nachts zum Bataillonsgefechtsstand nach hinten gehen und gefangene Russen abholen, die unsere

Stellungen weiter ausbauen sollten. Als ich mit den Gefangenen zurück war, mußte ich mit einem Kameraden Wache am MG halten. Ich kümmerte mich nicht weiter um die Russen, mein einziger Gedanke war, nochmal heil davonzukommen. Es war mir eigentlich egal, ob die arbeiteten oder nicht. Da kam der Unteroffizier aus dem Unterstand, brüllte und regte sich auf, weil ich die Russen nicht antrieb.

Frühmorgens, bevor es hell wurde, sollte ich meine Gefangenen dann wieder zurückbringen. Wir mußten durch ein Maisfeld, das vor unseren Gräben lag und wurden heftig vom Russen beschossen. Die Gefangenen lagen fast schneller auf dem Boden als ich. Mir kam nichtmal der Gedanke, daß die mir auch mein Gewehr hätten wegnehmen können. Ich glaube, die wollten gar nicht mehr zurück. Vielleicht erschien es ihnen bei uns doch ein wenig sicherer. Schließlich konnte ich die Gefangenen abliefern und dieses Spiel wiederholte sich dann in den folgenden Nächten. In einer dieser Nächte geschah es auch, daß ein Kamerad, der am MG stand, einen Unterarmdurchschuß erhielt. Ich kannte den Mann noch vom Transport her und da sagte er

40

mehrmals: „Hoffentlich bekomme ich gleich einen Heimatschuß!" Und so denke ich manchmal, daß er sich diese Verwundung vielleicht selbst beigebracht hat.

Ich erinnere mich noch an eine Nacht, da mußten wir zum Impfen zum Bataillonsstab. Ich machte mich mit einem Obergefreiten zusammen auf den Weg. Wir waren an der Front und in diesem Bewußtsein traten wir beim Arzt ein und sagten, wir sollten uns hier zum Impfen melden. Da schrie uns der Arzt, der ja natürlich im Offiziersrang stand, fürchterlich an und wollte wissen, ob wir keine anständige Meldung machen könnten. Nach diesem Erlebnis fragte ich mich: „Und das soll eine Front sein?" Eine Armee, in der es solche Verhaltensweisen gibt, kann einen Krieg ja gar nicht gewinnen. Schließlich befanden wir uns nicht auf dem Kasernenhof und hier draußen waren doch eigentlich alle gleich, ob Offizier, ob Landser.

Und dann begann der eigentliche große Rückzug mit Märschen durch Nacht und Schlamm. Wenn wir unterwegs kurze Rast machten, konnte man sich in dem Morast nicht einmal für einen Augenblick setzen.

Manchmal hatten wir Glück und fanden ein paar Flecken Gras an den Windschutzstreifen, wo wir uns ein wenig ausruhen konnten. Der Kompaniechef mußte schon sehr aufpassen, daß nach der Rast alle wieder aufstanden und weitermarschierten. Wir waren alle unsagbar übermüdet. Und wer liegenblieb, fiel unweigerlich dem Russen in die Hände. Es gab damals auch nur noch einmal am Tag etwas zu essen. Der Hunger schwächte uns natürlich noch mehr. Manchmal mußten wir auch tagsüber marschieren, das war natürlich sehr gefährlich. Überall im Schlamm sahen wir die Kugeln der Russen einschlagen. Und immer wieder blieben die pferdebespannten Munitionswagen im Morast stecken. Manchmal spannten wir die Pferde dann aus und schleppten die Kisten selbst.

Einmal, daran kann ich mich noch gut erinnern, erreichten wir eine Stellung, in der wir uns einrichteten. Dicht daneben verlief die sogenannte Rollbahn, das war ein durchgehender Graben. Der war von Gefangenen geschippt worden. Ich hatte zusammen mit einem MG-Schützen die erste Wache. Da hörten wir irgendetwas klappern. Es war ein

Wagen, der herankam und wir konnten auf dem Wagen auch Stimmen hören. Der MG-Schütze rief den Wagen an und fragte nach dem Kennwort. Scheinbar hörten das die Männer dort aber nicht und erst nach wiederholtem Rufen kam eine Antwort. Der Schütze hätte schon längst schießen können. Glücklicherweise tat er das aber nicht, denn der Wagen war von unserem eigenen Troß, der als Nachzügler noch hinter der Infanterie herfuhr. Als wir abgelöst wurden, gingen wir in den Bunker und legten uns hin. Wir hatten noch nicht lange geschlafen, als das MG plötzlich zu schießen begann. Wir dachten zunächst, der Schütze würde seine Waffe testen. Aber das Schießen hörte nicht auf. Und da stürzte auch schon der zweite Schütze in unseren Bunker und rief: „Wollt ihr nicht rauskommen? Der Russe ist da!" Tatsächlich war der Russe zwischen unserem Bunker und der nächsten Stellung durchgebrochen. Aus Angst, gefangenge-nommen zu werden, flüchteten wir rech-terhand in den Graben. Wir rannten als letzte Gruppe und ich bildete das Schlußlicht. Nun war der Graben zum einen nicht gerade, sondern verlief eher im Zick-zack und zum anderen war er an manchen Stellen sehr eng geschippt, so daß *ich überall mit meiner sperrigen Ausrüstung hängen-blieb. Da riß ich mir einfach das Koppel vom Leib und warf es mitsamt Brotbeutel, Spaten, Feldflasche, Gasmaske und Munition weg. Nur mein Gewehr hatte ich behalten. Das war natürlich sehr leichtsinnig von mir, aber dafür kam ich nun besser voran.*

Wir waren vielleicht fünfhundert Meter gerannt, als uns ein Offizier entgegenkam. „Wo wollt ihr hin?" fragte er. „Der Russe ist durchgebrochen," war unsere Antwort. „Zurück," befahl er, „Gegenangriff!" Nun mußten wir also den selben Weg wieder zurück und jetzt war ich logischerweise der erste in unserem Trupp. Was sollte ich aber mit meinem Gewehr ausrichten? Ein einziger russischer Feuerstoß hätte mich und wahrscheinlich die Gruppe töten können. Ich bat den Unteroffizier also um seine MPi, aber er wollte sie mir nicht geben. So blieb mir nichts anderes übrig, als mit vorgehaltenem Gewehr den Graben entlangzuschleichen. Ich fand dann auch mein Koppel mitsamt der Ausrüstung und band es mir wieder um. Zum Glück trafen wir nicht auf russische Soldaten. Die hatten den Graben schon wieder verlassen. *Aber wir stellten fest, daß sie in unserem Bunker gewesen waren. Sie hatten dort nämlich irgendetwas liegengelassen, ich kann mich aber heute nicht mehr genau erinnern, was das eigentlich war.*

Ein Stück hinter uns war ein kleines Dorf. Dort lag eine Reserveeinheit. Die waren von den Russen überrumpelt worden, wobei ein Offizier und mehrere Soldaten gefallen waren. Zusammen mit dieser Einheit machten wir nun einen Gegenstoß. Und ich bewundere noch heute den Mut eines Offiziers, der aufrecht mit dem Fernglas im Graben stand, während ich schoß und dem MG-Schützen, der neben mir lag, Anweisungen gab. Ich glaube, ich habe während meiner gesamten Zeit an der Front nicht so viel geschossen, wie an jenem Tag. Ich hoffe nur, daß ich dabei niemanden tödlich getroffen habe. Auf der gegenüberliegenden Seite war ja nicht viel zu sehen, höchstens mal ein paar Köpfe, die über dem Graben auftauchten.

Natürlich änderte dieser Gegenstoß nichts daran, daß wir uns immer weiter zurückziehen mußten. Am schlimmsten war das immer für die Soldaten, die die Nachhut bildeten.

Die blieben dann am MG liegen und mußten, nachdem sich die Truppe zurückgezogen hatte, über mehrere Stunden hin und wieder schießen, um dem Russen vorzutäuschen, die Stellung sei noch besetzt. Das war jedesmal ein Himmelfahrtskommando, denn natürlich sind viele dieser MG-Besatzungen nicht wiedergekommen, weil sie einfach vom Russen überrollt wurden. Mir fiel diese Aufgabe auch zweimal zu. Allerdings warteten wir nicht so lange, wie es eigentlich befohlen war, sondern setzten uns schon viel eher ab. Wenn wir merkten, daß die Luft rein war, schossen wir noch ein paarmal und schlichen dann leise den anderen hinterher. Ich hatte Glück bei diesen Einsätzen, es ging jedesmal gut.

Einmal gerieten wir beim Rückmarsch ins Feuer unserer eigenen Leute. Zwei Truppenteile sollten sich vereinigen, ein Teil marschierte von rechts heran, der andere von links. Plötzlich meinte ein Feldwebel: „Wir sind vor unseren Linien!" Kaum ausgesprochen, kam auch schon die erste MG-Salve heran. Wir marschierten im Gänsemarsch, gaben also ein gutes Ziel ab. Zu unserem Glück ging die Salve aber zu kurz, ansonsten wären sicher viele von uns verwundet oder gar getötet worden. Der Feldwebel hatte sich zwar mit Rufen bemerkbar gemacht, aber entweder hatten das unsere Leute nicht gehört oder sie hielten uns für Russen.

Ich kann mich noch gut an ein Ereignis erinnern, als wir unseren Rückzug einmal bei Tag fortsetzen mußten. Der Russe war uns dermaßen dicht auf den Fersen, daß wir unsere Stellung nicht bis zum Einbruch der Nacht halten konnten. Wir kamen durch eine Schlucht und das Gelände war nicht gut einzusehen. Da kam von unserem Vorauskommando plötzlich die Mitteilung, der Russe sei schon vor uns im Dorf. Und dann kam der Befehl zum Angriff. So stürmten wir die Böschung hinauf. Ich war damals MG-Schütze zwei. Als wir oben waren, sahen wir das Dorf vor uns liegen. Wir brachten das MG in Stellung und gruben uns provisorisch ein. Ich reichte dem Schützen gerade die Patronengurte als ich bemerkte, daß nur etwa drei Meter neben uns etwas einschlug. Der Russe muß wohl mit Granatwerfern auf uns geschossen haben. Zu unserem Glück explodierte die Granate aber nicht, es mußte wohl ein Blindgänger gewesen sein. Kurz danach begann sich der Russe zurückzuziehen. Im Dorf hatten sie sogar noch ihre Feldküche mit Bohneneintopf stehenlassen. Aber wir trauten uns nicht, etwas davon zu essen. Wir fürchteten, die Suppe könnte vergiftet sein.

Ich weiß noch, wie wir den Bug überquerten. Wir waren müde, ausgelaugt und entkräftet. Vor mir fuhr ein Pferdewagen vom Troß. Ich legte mein Gewehr darauf und hielt mich beim Laufen an dem Wagen fest. Da sagte der Soldat auf dem Kutschbock zu mir: „Du siehst wohl nicht, daß die Pferde den Wagen kaum noch ziehen können? Laß los und nimm dein Gewehr vom Wagen!" Ja, das war eine schlimme Zeit. Als wir den Fluß über eine Brücke überquert hatten, wurde sie hinter uns gesprengt. Am anderen Flußufer war eine langgezogene Stellung, dann kam vielleicht zweihundert Meter weiter ein Dorf, hinter dem sich noch eine Stellung befand. Ich hoffte natürlich, nicht in die Stellung unmittelbar am Ufer zu müssen, denn es konnte nicht lange dauern, bis der Russe uns eingeholt hätte. Und dann waren wir zum erstenmal in diesem kleinen Dorf. Einige von uns, die schon länger dabei waren, besorgten von den Leuten Kartoffeln und einer erschoß auf einem Hof eine Gans. Ich fand das nicht richtig. Mein einziger Wunsch war es, heil aus diesem Krieg herauszukommen. Ich hätte den russischen Zivilisten nichts wegnehmen mögen. Auch nicht in dieser Situation. Aber man bedeutete mir, daß ich an der Mahlzeit nicht beteiligt sein würde, wenn ich nichts dazu beisteuern könnte. Und ein Vorgesetzter sagte sogar zu mir: „Wenn du nicht spurst, wirst du zum Spähtrupp eingeteilt! Und was das bedeutet, weißt du ja..." Natürlich wußte ich, daß von Spähtruppunternehmen die wenigsten Soldaten zurückkamen. So war also die Situation und ich weiß nicht mehr genau, ob ich damals beim Essen dabei war oder nicht.

Wir blieben länger am Ufer des Bug, bis es dann in den ersten Apriltagen weiterging mit unserem Rückzug. Eines Tages erreichten wir wieder ein Dorf, das in der Nähe einer Schlucht lag. Auf der jenseitigen Seite der Schlucht stand schon unsere Feldküche, die bereits mit der Essenausgabe begonnen hatte und dort sollten auch die neuen Stellungen eingerichtet werden. Ich kam mit der letzten Gruppe an, hinter uns in der Ferne hörten wir schon das Brummen der russischen Panzer, die uns auf den Fersen waren. Das hörten natürlich auch die Leute von der Feldküche und sie fuhren los. Im Laufschritt hasteten wir hinterher und riefen: „Wir haben noch kein Essen bekommen!" Die hatten aber scheinbar so große Angst vor den Panzern, daß sie nicht anhielten. Aber sie gaben uns im Laufen noch jedem eine Portion Erbsensuppe. Das sollte dann auch meine letzte Mahlzeit sein, die ich beim Militär bekam.

Als wir später in unseren Löchern lagen und das Motorengeräusch immer lauter wurde, dachte ich: „Wenn jetzt die Panzer kommen, machen die uns fertig. Aus diesen Löchern kommen wir nicht mehr raus." In diesem Moment kam der Unteroffizier. Er sagte: „Komm, Musick, wir müssen die neuen Stellungen auskundschaften und danach sind wir als Einweiser eingeteilt!" Wir gingen beide zurück. So kam ich doch noch einmal aus den Löchern und das war auch in gewisser Weise mein Glück. Wir mußten eine ganze Strecke laufen bis wir zu einer Kreuzung kamen. Weiter hinten war ein Dorf zu sehen. „Musick," sagte der Unteroffizier, „du bleibst hier. Wenn unsere Truppen in der Nacht ankommen, dann schickst du Regiment

477 nach rechts, 466 nach links und 456 gradeaus!" An dieser Kreuzung lag eine Panzerjägereinheit. Einige der Leute waren gerade dabei, Fleisch und Kartoffeln zuzubereiten. Ich hatte natürlich Hunger und ging hinüber zum Feuer. „Ich bin hier Einweiser, kann ich bei euch etwas zu essen bekommen?" fragte ich. „Erstmal sehen, ob es für uns reicht," war die lakonische Antwort. Aber schließlich gaben sie mir ein paar Kartoffeln und ein Stück rohes Fleisch. Das war allerdings so miserabel, daß sie es wohl selbst nicht essen mochten. Ich fand ein Stückchen Blech und versuchte, das Stück Schwarte, oder was auch immer das sein mochte, am Feuer garzukochen und habe auch davon gegessen. Aber das Endresultat davon war, daß ich am nächsten Tag Durchfall hatte, das Fleisch schien nicht mehr frisch gewesen zu sein.

Gegen Abend setzte ein schlimmer Schneesturm ein. Man konnte die Hand nicht mehr vor Augen sehen. In diesem Wetter kamen unsere angekündigten Truppen viel zu zeitig an. Ich wollte die Einheiten wie befohlen einweisen, doch niemand achtete auf mich. Es gab nur eine einzige Richtung: ge-

radeaus. Egal, dachte ich und als die letzten Männer und Fahrzeuge an mir vorüber waren, schloß ich mich an und trabte hinterher. In völliger Finsternis erreichten wir schließlich ein Dorf. Da fand ich das Regiment 466 und fragte beim Kommandeur nach Regiment 477. Ich erklärte, daß ich Einweiser gewesen sei und nun meine Einheit nicht mehr finden könne. „Bleiben Sie hier, bis es hell wird," sagte er, „jetzt im Dunkeln finden Sie die Stellungen sowieso nicht. Womöglich laufen Sie noch den Russen in die Arme!" Also blieb ich. Eine Küche gab Essen aus. Vielleicht zwanzig Mann standen davor und ich stellte mich auch an. Ich war noch nicht an der Reihe, da fragte der Koch: „Wer bist du denn?" Ich sagte ihm, daß ich Einweiser gewesen sei. „Reicht kaum für uns," war seine Antwort und er hat mir tatsächlich nichts gegeben. Ich streifte durchs Dorf und fand auch noch zwei weitere Stellen, an denen Essen ausgegeben wurde. Ich bekam nirgends etwas. Ich kann bis heute nicht verstehen, wie Deutsche einen Deutschen abweisen konnten. Hunger hatten wir alle. Aber es hätte doch eine Kelle Suppe möglich sein müssen. Ich denke heute, ich hätte zum Kommandeur gehen und mich beschweren sollen. Solche

Köche hätten an die Front gehört.

So also sah der Rückzug an der Ostfront aus. Chaotisch, zermürbend und immer neue Opfer fordernd. Hunger und Morast waren die ständigen Begleiter. Die Front in den unendlichen russischen Weiten bricht immer mehr zusammen. Nicht nur an diesem Abschnitt. Längst sind die Nachschubwege abgeschnitten und es ist jetzt deutlich geworden, daß an eine Eroberung Rußlands nicht mehr zu denken ist. Es gilt für die Soldaten nur noch, das nackte Leben zu retten. Davonzukommen, dem Winter und dem russischen Feuer zu entgehen. Dabei sitzt allen die Angst vor der Gefangennahme im Nacken. Die Propagandainstrumente des Dritten Reiches sprechen nicht umsonst eine sehr deutliche Sprache, wenn es um die Schilderung der Roten Armee geht. So hat sich die Angst vor den menschenfressenden Russen in den Köpfen eingenistet.

Und an die Stelle der Kameradschaftlichkeit unter den Soldaten tritt die Unmenschlichkeit. Geboren aus einem Denken, das sich immer mehr um das eigene Überleben, das eigene Fortkommen dreht. Vielleicht nicht einmal verwunderlich im vierten Jahr dieses Krieges. Dennoch hat sich dieses Erlebnis tief bei Paul Musick eingeprägt. Und er kann bis heute nicht verstehen, wie ein Kamerad dem anderen einen derart elementaren Wunsch verweigern kann.

Mir fallen Szenen aus Büchern und Filmen ein, deren Geschichten im Krieg spielen. Und in diesen Geschichten ist die Kameradschaft großgeschrieben. Der letzte Tropfen Wasser wird geteilt und die letzte Zigarette gemeinsam geraucht. Sicher war es auch oft so, doch der Soldat Musick erlebte es anders. Aber er befand sich ja auch in der Realität. Die Romane und Filme dagegen versehen den Krieg mit einem Glorienschein, verklären ihn zu einem großen Abenteuer. Nur wenige schildern seine Schattenseiten, seine Erbarmungslosigkeit. Vielleicht möchten das viele Menschen auch gar nicht hören.

Am Morgen brach ich auf. Irgendwo am Ende des Dorfes traf ich noch einen Kameraden meiner Einheit und wir gingen gemeinsam weiter. Der Kommandeur hatte uns den Weg zum nächsten Dorf beschrieben, wo wir unser Regiment finden würden. Es lag tiefer

Schnee. Nichts war zu erkennen. Keine Stellung, kein Graben. Als wir endlich angekommen waren, mußten wir auf Pendelstreife gehen, immer einen Kilometer hin und einen zurück. Das ging die ganze Nacht hindurch. Am nächsten Morgen wurden wir in unserem Haus, in dem wir uns im Dorf einquartiert hatten, plötzlich vom Russen beschossen. Die hatten sich offenbar in einem kleinen Wäldchen in der Nähe eingenistet. Wir versuchten, dem Spuk mit unserem MG ein Ende zu machen und schossen unsererseits etliche Salven hinüber. Es blieb dann auch tatsächlich eine Weile ruhig.

Meine Aufgabe in der Gruppe bestand unter anderem darin, Essen zu holen. Vielleicht lag es daran, daß ich der Jüngste und der Hungrigste war. Ich sammelte also die Kochgeschirre ein und machte mich auf den Weg zur Feldküche. Ich war noch nicht weit gekommen, als mir ein Offizier begegnete und mich fragte, wo ich denn hinwolle. „Essen holen," antwortete ich. „Zurück," sagte er, „wir machen erst einen Gegenangriff." Als wir am Haus angekommen waren, packte ich die Kochgeschirre wieder aus. Währenddessen gab der Offizier die ersten Anweisungen, wie der Sturm auf das Wäldchen vonstatten gehen sollte. Ich verließ als letzter das Haus, während die anderen schon mit Leuchtspur schossen. Natürlich erwiderte der Russe das Feuer. Als ich um die Ecke bog, hatte ich mich wohl einen Moment zu spät geduckt und wurde von eine MPi-Salve getroffen. Links hatte eine Kugel den Unterkiefer gestreift und auf der rechten Halsseite die Sehne. Als ich getroffen wurde, dachte ich, es wäre ein Durchschuß. Überall war Blut und ich muß gestehen, daß ich in diesem Moment dachte, es ginge zu Ende. Und da waren meine Gedanken plötzlich zu Hause, bei meinem Elternhaus. Wenn du glaubst, du stirbst, dann wandern die Gedanken zurück. Und jeder hängt doch an seinem Leben.

Im Haus wurde ich verbunden. Der Angriff war inzwischen abgeblasen worden. Mittlerweile hatte sich noch ein Feldwebel mit einem Unterarmdurchschuß eingefunden und noch jemand mit irgendwelchen Erfrierungen. Zu dritt gingen wir zum Ende des Dorfes zum Truppenverbandsplatz. Wir bekamen wieder die Pappschilder ausgehändigt, die ich schon von meiner ersten Verwundung her kannte. Der Arzt beschrieb uns den Weg zum

Hauptverbandsplatz im nächsten Ort und nannte uns als Orientierungspunkt im Schnee einen Strohhaufen, wo sich auch die Artilleriefeuerstellung befände. Wir wurden von einem Artilleriefahrzeug mitgenommen. Ich hatte durch die Rüttelei während der Fahrt starke Schmerzen. Aber die Vorstellung, vielleicht schon bald wieder nach Deutschland zu kommen, war herrlich für mich. Plötzlich hörte ich, wie der Fahrer des Wagens die Pferde anhielt und wir standen Russen gegenüber. Scheinbar war das die Truppe, die wir im Wäldchen angreifen wollten. Die hatten möglicherweise auch die Orientierung verloren und waren so zwischen unsere Linien geraten. Und nun waren wir denen direkt in die Arme gelaufen.

Da war sie also, die gefürchtete Gefangenschaft. Der Alptraum war zur Wirklichkeit geworden. Was würde jetzt kommen? Was stand bevor? Auf der einen Seite hatte Paul Musick die Gewißheit, daß der Krieg für ihn beendet war. Doch dessen Gefahren und Schrecken kannten die Soldaten, gewissermaßen hatten sie sich an den Krieg gewöhnt. Die Zukunft aber als Gefangener lag in einer dunklen und unbekannten Ferne. Es war hinlänglich bekannt, daß der Russe nicht gerade zuvorkommend zu seinen Gefangenen war. Nicht verwunderlich, mußten die Russen den deutschen Soldaten doch zunächst das Leid und die Verwüstungen zur Last legen, die der Krieg über ihr Land gebracht hatte.

Ein Kapitel ist abgeschlossen, ein neues wird geöffnet. Wie in einem Buch. Doch das Buch kann zur Seite gelegt werden, jederzeit. Der Krieg nicht. Der Krieg ist wie eine schreckliche Krankheit, die irgendwann ausgebrochen ist. Niemand ist da, der sie heilen kann, niemand weiß genau, wie sie verlaufen wird. Die Menschen, die von ihr befallen werden, müssen mit ihr leben. Müssen versuchen, alle Kräfte zu mobilisieren, um davonzukommen. Und sind letztlich doch dazu verdammt, untätig zu bleiben. Und hilflos abzuwarten, was die Zukunft bringt.

Gefangenschaft

Ich rieche den Duft des Holzfeuers im Raum. Es ist Mittag geworden. Ich habe nicht bemerkt, wieviel Zeit schon vergangen ist, seitdem ich hier am Tisch sitze. Zeit, wie nebensächlich muß die Zeit damals gewesen sein. Niemand wird sich Gedanken um die Zeit gemacht haben. In extremen Situationen verändern sich auch die Gedankenwelten der Menschen. Die Wünsche werden kleiner, erhalten andere Dimensionen und der Alltag bekommt neue Wichtungen. Wir leben mit der Uhr, die Zeit wird von ihrem Räderwerk zermahlen in Termine, die wir wahrzunehmen haben oder die wir uns selbst auferlegen. Und wir können diesem Zeitwerk nicht entrinnen, so wie im Krieg die Zeit zur Bedeutungslosigkeit wird. Wo es keinen meßbaren Übergang zwischen Gegenwart und Zukunft gibt. Weil das Kommende nicht faßbar, nicht planbar ist. Ein Kriegsgefangener hat keine Zukunft mehr, weil er aufgehört hat, als Mensch zu existieren. Er mutiert zu einem Nichts, zu einer Nummer, die jederzeit gestrichen werden kann.

Ja, da stand ich nun mit verbundenem Kopf und mit ein paar Eierhandgranaten am Koppel. Als Begrüßung gab es dann erstmal Schläge, von den russischen Landsern mit dem MPi-Kolben und ein Offizier, der dabei war, schlug vom Pferd aus mit der Peitsche. Viele hatten gesagt, sie würden sich erschießen, wenn sie dem Russen in die Hände fielen. Ich hätte mit Hilfe meiner Handgranaten natürlich auch diese Möglichkeit gehabt, ja ich hätte sogar noch ein paar von den Russen mit in den Tod nehmen können. Aber auch jetzt war der Lebenswille stärker als die Angst vor der ungewissen Zukunft, der ich nun wohl entgegensehen mußte. Meine Uhr nahmen sie mir sofort ab und waren der festen Überzeugung, ich sei MG-Schütze gewesen und fragten immerzu, wieviele Russen ich getötet hätte. Auch die Frage, ob und wieviele russische Frauen ich vergewaltigt hätte, stellten sie immer wieder. Damals, mit meinen achtzehn Jahren, wären mir derlei Dinge nicht mal im Traum eingefallen. Es sind mir persönlich auch keine Vorfälle dieser Art bekannt geworden.

Nun marschierten wir los. Zwei Berittene waren unserem Trupp immer ein Stück voraus,

60

die wußten ja auch nicht genau, wohin sie sich nun wenden mußten. Und ein russischer Soldat, ein alter Knabe, der kaum größer war als sein Gewehr, trabte mit uns hinterdrein, immer mit vielleicht einem halben Kilometer Abstand zu den Reitern. Kurz schoß mir der Gedanke durch den Kopf, dem Mann das Gewehr abzunehmen und zu türmen. Doch als ich an die beiden Berittenen dachte, verwarf ich die Idee auch gleich wieder. Die hätten uns sofort eingeholt und erschossen.

Nun marschierten wir also unter Bewachung. In der Nacht, oder es kann auch noch am selben Tag gewesen sein, kamen wir an eine Stelle, wo ein paar Büsche und Hecken waren. Wir sahen, wie die Russen begannen, sich provisorisch einzugraben und die Berittenen bewegten sich immer wieder in die selbe Richtung und hatten ständig ihre Ferngläser vor den Augen. Auch ohne Glas konnte ich erkennen, daß sich in der Ferne unsere Einheiten weiter zurückzogen. Scheinbar hatten die Russen Angst davor, von unseren Leuten entdeckt und angegriffen zu werden. In dieser Situation hegte ich dann die leise Hoffnung, das Blatt würde sich wenden und wir kämen doch noch einmal frei. Aber es ge-

schah nichts, unsere Truppen sahen uns nicht und setzten ihren Rückzug fort.

So wurde auch unser Marsch fortgesetzt. Einmal, das weiß ich noch, kamen wir in ein Dorf und blieben dort über Nacht. In dem Haus, in dem wir dann Quartier hatten, wurden die Russen von einer Frau mit Brot und dicker Milch bewirtet. Sie fragte den Offizier etwas, während sie in unsere Richtung sah. Ich nehme an, daß sie fragte, ob sie uns auch etwas geben sollte. Aber der Offizier schüttelte nur mit dem Kopf. So verbrachten wir die Nacht hungrig im Dorf. Am nächsten Morgen sahen wir wieder eine unserer Truppen vorbeiziehen. Es war eine verworrene Situation, die deutschen und die russischen Linien hatten sich überall vermischt. Während unserer täglichen Märsche hatten wir natürlich auch Durst. Es lag ja noch Schnee, der am Tage etwas antaute und nachts wieder gefror. Und vor Durst brach ich mir immer wieder Brocken von diesem dreckigen Schnee ab und knabberte daran herum. Aber unser Posten nahm mir jedesmal den Schnee weg, wenn er es sah und sagte auch irgendetwas dazu. Wahrscheinlich hat er mir damit das Leben gerettet, denn ich hätte möglicher-

weise Ruhr oder Typhus von dem dreckigen Schnee bekommen. Und ich kann mich auch noch an ein anderes Erlebnis erinnern. Eines Tages begegneten wir einer kleinen Panzergruppe, vielleicht fünf oder sechs Panzer. Die ersten waren schon an uns vorbeigefahren. Plötzlich scherte der eine Panzer aus und fuhr direkt auf uns zu, offenbar in der Absicht, uns zu überrollen. Wir konnten uns nur noch durch einen Sprung zur Seite retten. Und einmal, in einem Dorf, kam ein Offizier vorbei und plötzlich mußten wir uns in einer Reihe an einer Mauer aufstellen, mit dem Gesicht zur Wand. Der Offizier verschwand dann in einem Haus, ein paar Schritte hinter uns stand der Posten. In diesem Moment dachte ich: „Jetzt werden wir erschossen, gleich ist alles aus." Wir hatten natürlich Angst und man ließ uns eine ganze Weile an dieser Mauer stehen. Aber dann, als wäre nichts gewesen, setzten wir unseren Marsch fort. Ja, auch solche Dinge kamen vor.

Nachdem wir tagelang marschiert waren erreichten wir ein Dorf, in dem sich ein russischer Verbandsplatz befand. Der Posten, der uns bewachte, hatte wohl die Absicht, mich frisch verbinden zu lassen. Er ging also mit mir in ein Haus, aus dem ich schon von weitem die verwundeten Russen stöhnen und jammern hörte. Der Posten öffnete die Tür, ging hinein und sprach mit den Schwestern, alles ganz junge Mädels, die dort ihren Dienst taten. Er kam dann mit den Mädels wieder und die schimpften wortreich auf mich los. Sie schienen furchtbar wütend auf die deutschen Soldaten zu sein und ich wurde nicht neu verbunden. So blieb dem Posten nichts anderes übrig, als wieder mit mir loszuziehen.

Irgendwann erreichten wir einen Bahnhof, das war ein großer Knotenpunkt hinter der Front. Dort stand ein Zug mit deutscher Marketenderware. Den hatten unsere Leute scheinbar nicht mehr in Sicherheit bringen können. Und einer der Russen, ein kleiner junger Kerl, stellte sich mit einer dicken Zigarre vor uns hin und gab mächtig damit an. Dort wurden auch zwei Russen zu unserer kleinen Truppe gebracht, die beim deutschen Troß gearbeitet hatten, sogenannte Hiwis. Die waren gleich uns in Gefangenschaft geraten und waren dem Russen weit verhaßter als wir. Die wurden dann ausgiebig mit Fäu-

sten geschlagen und schließlich wegge-
bracht. Wir haben die beiden nie wieder-
gesehen und ich denke, daß man sie kurzerhand erschossen hatte. Uns sperrte man dann
in einem engen kleinen Raum auf dem Bahnhof ein. Knapp unter der Decke war eine ver-
gitterte Öffnung, so daß wir nicht hinaus-
sehen konnten. Aber wir hörten, wie unsere
Artillerie schoß und es gab auch eine Menge
Einschläge in unmittelbarer Nähe. Irgendwann hörte der Angriff wieder auf und wir
mußten unseren Marsch fortsetzen, immer in
Richtung Front. Unterwegs wurden wir von
Flugzeugen angegriffen. Von unseren Bewa-
chern war nichts mehr zu sehen, die waren in
Deckung gegangen. Hätten wir gewußt, wohin wir uns hätten wenden müssen, wäre
auch jetzt noch eine Gelegenheit zur Flucht
gewesen. Aber das wäre viel zu gefährlich
gewesen. Wir hätten uns ja durch die überall
verstreut liegenden kleinen russischen Einheiten schlängeln müssen und hätten eine
mögliche Entdeckung mit unserem Leben be-
zahlt. Außerdem war es nicht wahrscheinlich,
daß uns die eigenen Leute erkannt hätten.
Mit Sicherheit wären wir beschossen worden,
wenn wir uns ihren Stellungen näherten.

Mittlerweile war unser kleiner Trupp auf etwa zwölf Gefangene angewachsen. Wir bekamen nichts zu essen. Unser Posten hatte sich während des Marsches auf ein Pferdefuhrwerk gesetzt und wir mußten im Gänsemarsch hinterherlaufen. Uns wurde vorher gesagt, daß alle erschossen würden, sollte im nächsten Dorf, das wir bei Nacht erreichen würden, auch nur einer von uns fehlen. Ich ging als letzter in der Gruppe, als wir endlich unser Ziel erreichten. Die russischen Soldaten waren allesamt betrunken. Es gab viel Wein in Bessarabien, wo wir uns ja damals befanden. Eine russische Truppe zog an uns vorbei. Da plötzlich fiel einem der Soldaten auf, daß ich ein Deutscher war und hielt mich einfach fest. Ich wollte mich natürlich losreißen und deutete immer wieder auf unseren Trupp und erklärte, daß ich da unbedingt mitgehen müßte. Da hielt mir der Soldat eine Pistole an den Kopf und die nahmen mich mit ans andere Ende des Dorfes. Da war auch der Troß. Ein neuer deutscher Gefangener kam dazu, so daß ich wenigstens nicht mehr allein war. Einer der Russen hatte dann plötzlich eine Mundharmonika in der Hand und fragte mich, ob ich spielen könnte. Ich bejahte und spielte „Waldeslust" und alles, was mir einfiel. Die betrunkenen Russen tanzten. Es gab auch etwas zu essen. Die Russen hatten Brot und amerikanisches Büchsenfleisch mit Schmalz, das sie mir gleich löffelweise auf das Brot schmierten. Leider konnte ich wegen meiner Verwundung nicht richtig kauen und knabberte mühsam an meinem Brot herum.

Der Russe verfügte nicht nur über amerikanisches Büchsenfleisch. Ich mußte immer wieder feststellen, daß auch ihre LKWs zum größten Teil aus Amerika stammten. Und genauso von dort stammten Zucker, Mehl und andere Lebensmittel. Mir ging später durch den Kopf, daß der Russe nur mit seiner eigenen Verpflegung den Marsch bis Berlin wohl nicht geschafft hätte.

Später, es muß gegen Mitternacht gewesen sein, gab es einen neuen deutschen Angriff. Durch das Dorf schlängelte sich ein Bach und auf der anderen Seite ging es eine steile Anhöhe hinauf. Dort oben lagen unsere Truppen in Stellung und man konnte im Dunkeln gut sehen, wie sie hinunter ins Dorf schossen. Auch Artillerie beschoß den Ort. Die Russen bekamen es mit der Angst zu tun, spannten die Pferde an und der Troß begann das Dorf zu verlassen. Wir blieben da, auch ein Posten war bei uns und wir konnten hören, wie die deutschen Kugeln in den Speichen eines Wagens klapperten, der in unmittelbarer Nähe stand. Der Posten zog sich in einen Hauseingang zurück. Von dort aus konnte er uns im Auge behalten und hatte obendrein eine gute Deckung. Wir versuchten, auch ins Haus zu kommen, aber der Russe verwehrte uns einfach den Eintritt. Dennoch hatten wir Glück und überstanden den Angriff unverletzt. Gegen Morgen, der Angriff war vorbei, zog der Posten mit uns durchs Dorf zum anderen Ende. Unterwegs trafen wir auf russische Infanterie. Die Soldaten, scheinbar wütend wegen des Angriffs in der Nacht, begannen uns mit Gewehrkolben zu schlagen. Da allerdings war der Posten sehr fair zu uns. Er rannte nämlich mit uns den Weg wieder zurück, weg von den aufgebrachten Soldaten.

Schließlich wurden wir alle in ein Haus gebracht. Dort wurden wir von einem Major verhört. Auch eine Frau war dabei, die die ganze Zeit über an einem Telefon war. Nun mußte ich gut aufpassen. Anfangs hatte ich angegeben, bei der Artillerie gewesen zu sein. Nun mußte ich natürlich um jeden Preis dabei bleiben. Der Offizier wollte wissen, warum sich unsere Truppen immer weiter zurückzogen. Darauf hatte ich natürlich keine Antwort. Weiter fragte er mich nach der Reichweite unserer Geschütze. Das wußte ich zum Glück noch von meiner Ausbildung in Jüterbog. Der Offizier begann mich mit der Faust zu schlagen und drohte, er würde mich erschießen lassen, wenn ich weiter lügen würde. Aber ich blieb natürlich bei dem was ich gesagt hatte. Endlich gab der Major Ruhe, ich wurde in ein anderes Haus gebracht. Auch dort wartete ein Offizier auf mich und wieder saß eine Frau am Telefon. Ich erkannte jetzt den Zweck dieses Telefons. Auf diese Art und Weise konnten meine Aussagen von vorhin sofort überprüft werden und so gab ich auch diesmal die gleichen Antworten.

Als auch dieses Verhör beendet war, brachte der Posten meinen Kameraden und mich wieder zu einem anderen Haus. Er ging mit uns über den Hof, öffnete die Tür zu einem kleinen Stall und schubste uns hinein. Und dort saßen meine elf Mitgefangenen, von denen ich getrennt worden war. Also hatte man die Drohung nicht wahrgemacht und niemand war erschossen worden. Gemeinsam ging unser Transport dann später weiter, immer hinter der Front her. Wir waren ja in Moldawien, da lebten viele Deutsche. Allerdings hatten die ihre Dörfer verlassen und waren vor der Front geflohen. Ich weiß noch, daß ich in einem dieser Dörfer Schützengräben schippen mußte. Es war eine unsagbare Quälerei, denn die Erde war hartgefroren und ich hatte kaum Kraft. In einem dieser deutschen Dörfer, Hoffnungstal hieß das damals, wurden wir entlaust. In diesem Dorf hatte man auch ein Lazarett eingerichtet und ich bekam die Aufgabe, für die Küche Holz und Wasser zum Kochen und Heizen herbeizuschaffen. Nun gab es aber kaum Holz. So kroch ich schließlich in den Kellern herum und zerhackte die vielen leeren Weinfässer, die ich fand, zu Brennholz.

Mittlerweile war es Ende Mai geworden. Die Stärke unserer Gruppe war inzwischen auf etwa zweihundert Mann angestiegen. Ich stellte fest, daß von diesen zweihundert Mann inzwischen keiner mehr seine eigenen Stiefel trug. Die hatten ihnen die Russen weggenommen. *Und entweder bekamen sie zerschlissenes russisches Schuhwerk dafür oder mußten sich irgendwelche Lappen und Lumpen um die Füße wickeln und damit laufen. Und nun schienen die Russen uns in einem Lager loswerden zu wollen. Und wir marschierten weiter, dreißig Kilometer durch Schlamm, um Tiraspol zu erreichen. Die Stadt war inzwischen schon vom Russen eingenommen worden. Wir bekamen kaum etwas zu essen und waren sehr schwach. Manchmal konnten wir uns ein paar Kartoffeln kochen. Da wir natürlich keine Töpfe besaßen, mußten ein paar alte Stahlhelme und leere Munitionskisten zu diesem Zweck herhalten. Als wir dort endlich im Lager angekommen waren, wurden wir zunächst von einer russischen Ärztin untersucht. Aber wir waren, wie ich ja schon gesagt hatte, alle Mann völlig ausgemergelt und entkräftet. Und aus diesem Grund behielt man keinen von uns in diesem Lager, wo wir irgendwelche schweren Arbeiten zu verrichten gehabt hätten und wir mußten die dreißig Kilometer wieder zurückmarschieren. Wir kamen vor Durst fast um. In einem Dorf war so ein typischer russischer Ziehbrunnen und die ganze Truppe stürzte darauf zu. Aber jedesmal, wenn ein Eimer*

Wasser oben war, gab es soviel Gedränge und Geschubse, daß der Eimer in der Aufregung umgestoßen wurde. Also sperrten die Posten den Brunnen ab und ein paar Mann mußten das Wasser in eine Viehtränke schütten, die gleich neben dem Brunnen stand. Und dann wurden die übrigen Männer schubweise vorgelassen, um zu trinken. Die Hitze war in dieser Zeit im Mai eben schon sehr groß und noch stärker als unter dem ständigen Hunger litten wir an Durst.

Ende Juli muß es dann schon gewesen sein, als wir Odessa erreichten. Am Stadtrand war eine alte verlassene Arbeitersiedlung und wir wurden in den Häusern untergebracht. Später dann wurden wir auf LKWs verladen und durch die ganze Stadt zum Hafenlager gefahren, in dem zu dieser Zeit schon deutsche Kriegsgefangene waren. Auch hier wurden wir von einer russischen Ärztin untersucht, die uns dann aber wiederum nicht für arbeitsfähig befand. Also fuhren wir wieder zurück in die Siedlung am Stadtrand. Und jetzt begann auch die Zeit des Massensterbens. Fast jeder von uns hatte Durchfall, viele auch mit Blut. Die Schwerkranken wollten nicht mehr essen, nur trinken, trinken,

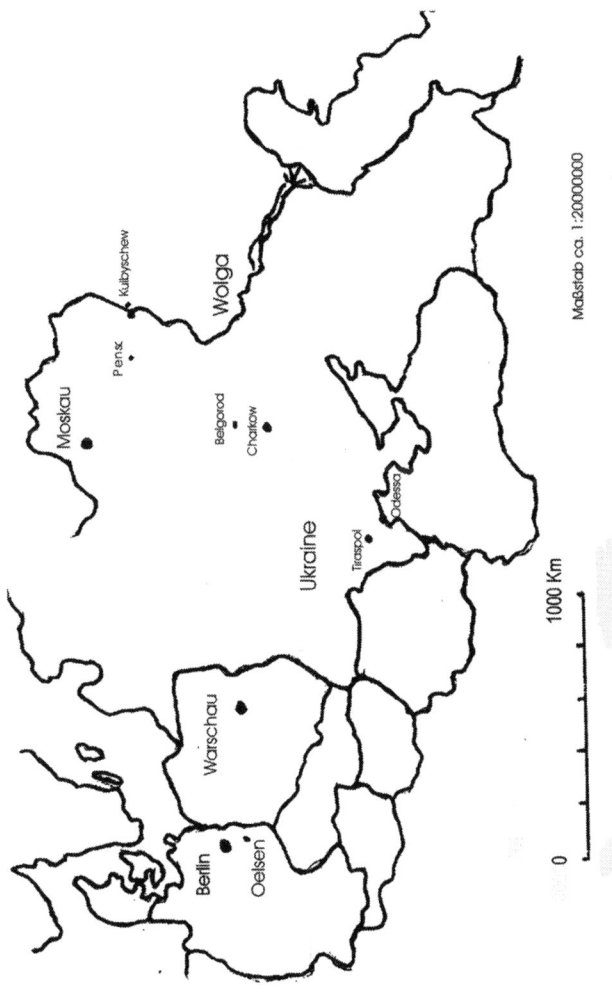

Diese Skizze zeigt die wichtigsten Stationen Paul
Musicks in den Jahren als Soldat und
Kriegsgefangener.

trinken. Wir bekamen ja ohnehin nur eine Mahlzeit Suppe am Tag und ein Stückchen Brot. Und selbst das Wenige ließen die liegen. Die Russen hatten auf dem Gelände alte Benzinfässer mit Löschwasser zu stehen. Und weil diese Fässer regelmäßig von den Kranken leergetrunken wurden, hat man das Wasser dann mit Chlor versetzt, es wurde ungenießbar.

Die Zeit des Marschierens ist vorüber. Auch die unmittelbare Gefahr, selbst als Gefangener noch durch Kriegsgeschehen zu fallen. Aber der Hunger als ständiger Begleiter war geblieben. Und eine neue, völlig andere Gefahr war hinzugekommen: die Seuchen, die sich unter den zusammengepferchten und geschwächten Gefangenen ausbreiteten wie die Pest im Mittelalter. Und es gab keine Möglichkeit, sich davor zu schützen.

Es war erst der Beginn der Gefangenschaft, über deren Dauer und Verlauf keine Prognose möglich war. Niemand konnte auch nur ahnen, wohin es ihn noch verschlagen würde. Und in der jetzigen Situation schien selbst das Überleben noch unwahrscheinlicher als an der Front. Die Männer befanden sich in einer schier aussichtslosen Lage. Es gehört neben dem Selbsterhaltungstrieb auch noch eine Menge Mut und Selbstdisziplin dazu, nicht zu verzweifeln und zu resignieren.

Man stelle sich vor verurteilt worden zu sein, ohne das Strafmaß zu kennen. Es ist nicht möglich, sich auf eine bestimmte Zeit einzurichten. Die Hoffnung so einzuteilen, daß sie reicht für zwei oder vier oder fünf Jahre hinter Stacheldraht. Die Kräfte zu mobilisieren auf überschaubare Dauer.

Und wieder gehen mir Bilder durch den Kopf, Bilder von Kriegsgefangenenlagern aller Nationen, die ich im Fernsehen sah. Bilder von Männern, die hinter Stacheldrahtzäunen stehen. Hohläugig, mit eingefallenen unrasierten Wangen. Den Blick leer und unbestimmt irgendwohin auf einen imaginären Punkt gerichtet. Gestalten der Hoffnungslosigkeit und Verzweiflung. Ohne Kontakt zur Außenwelt. Und ohne zu wissen, wie es in der Heimat aussieht. Steht das Elternhaus noch? Sind die Angehörigen am Leben? Ist da überhaupt noch jemand, der wartet?

Es ist für mich schwer vorstellbar, daß der Mann, in dessen Haus ich sitze, all dies erfahren hat. In einer Zeit, die lange vor der meinen lag. Und wie er noch heute dieses schwere Bündel mit sich herumschleppt. Erinnerungen, die nicht verschwinden wollen, die vielleicht mit der Zeit ein wenig verblaßt sind. Aber die allgegenwärtig bleiben werden, solange er lebt. Ich denke auch daran, daß es unzählige Menschen auf dieser Welt gibt, Menschen aller Herren Länder, denen die gleiche Last aufgeladen wurde. Eine Last, die ihnen niemand abnehmen kann. Die sie sich von der Seele reden möchten bei dem Versuch, endlich Ruhe zu finden. Es gibt auch Kriegsveteranen, die nie mehr über ihre Erlebnisse gesprochen haben. Sie haben die Vergangenheit verdrängt, beiseite geschoben wie einen Kehrichthaufen. So hat ein jeder seine Art, damit umzugehen. Die Last wird weder auf die eine noch die andere Weise leichter werden. Aber vielleicht ein wenig erträglicher. Ich wünsche all jenen, daß immer Zuhörer da sein mögen oder Menschen, die nicht mit bohrenden Fragen immer wieder an den Narben kratzen.

Paul Musick hat in der Tat Schreckliches

erlebt. Er wurde durch die Gefangenschaft zu einer Existenz am Rande des Abgrunds. Und dennoch, und das verwundert mich fast, ist in seinen Worten kein Anklang von Bitterkeit zu spüren, keine Spur des Hasses. Es ist der Bericht eines Mannes, der trotz allem Mensch geblieben ist. Der Bericht eines Mannes, der mit einem gewissen Abstand erzählt. Dieser Abstand existiert nicht emotional, das ist deutlich zu merken, aber er hat ihn sehr wohl auf intellektuell-sachlicher Ebene gewonnen. Und ich glaube, daß das so gut ist. Für ihn. Der mittlerweile auf ein langes Leben zurückblicken kann.

Die Blöcke, in denen wir lebten, hatten drei Stockwerke. Im unteren Geschoß lagen die ganz schweren Fälle, die nicht mehr aufstehen konnten. Im mittleren Geschoß war ein Raum mit Kübeln eingerichtet, die die schon schwerer Erkrankten benutzen mußten. Und im obersten Stock waren die Kranken, die noch zur Latrine gehen konnten. Ich selbst hatte auch Durchfall, aber ohne Blut. Trotzdem mußte ich fünf- bis sechsmal am Tag austreten gehen. Neben den Häuserblocks war eine alte Wasserleitung, die eigentlich nicht mehr funktionierte. Eines Tages aber begann dort Wasser zu laufen, und zwar ganz rostiges. Und die Gefangenen haben das vor Durst getrunken. Ich war zu Anfang vorsichtig, habe dann aber nach einer Weile, als das Wasser ein wenig heller geworden war, auch davon getrunken. Und siehe da, mein Durchfall verschwand. Wohl durch den hohen Eisengehalt. Im Endergebnis wurde ich nun als Sanitäter bei den Schwerkranken eingesetzt. Meistens hatte ich Nachtschicht. Ich mußte den Leuten die Schieber bringen und auch darauf achten, daß die aus der mittleren Etage die Kübel benutzten und die von unten zur Latrine gingen. Morgens, bevor meine Nachtschicht zu Ende war, mußte ich noch die Treppen säubern und aufwischen, weil es manche nicht mehr bis zur Toilette geschafft hatten. Wenn dann die Ärztin mit einer Schwester kam, mußte alles sauber und in Ordnung sein. Ich mußte dann auch noch mit der Ärztin mitgehen, um den Medizinkasten zu tragen. Besonders viele Medikamente gab es natürlich nicht. Hauptsächlich wurde den Kranken zum Appetitanregen so eine Art Essigwasser verabreicht. Wenn die Ärztin dann weg war, habe ich natürlich auch einen anständigen Schluck aus dieser Flasche genommen, das Getränk schmeckte nämlich nicht *schlecht.*

Es war damals so, daß die Leute innerhalb von ein paar Tagen starben wie die Fliegen. Es war August und wir hatten draußen um die vierzig Grad Hitze. Irgendwann bekamen wir auch noch viele Leute der rumänischen Kapitulationsarmee dazu, Kranke und Gefangene. Viele hatten Ruhr und auch noch alle möglichen anderen Krankheiten. Ja, und die schaffte man alle nach Odessa ins Lager, weil das wohl am nächsten lag. Es ging dann soweit, daß eine regelrechte Ruhrstation eingerichtet wurde. Die Kranken aßen ihr Brot nicht. Aber es durfte niemand hin um sich davon etwas zu holen. Denn die Latrinenkübel standen ja mitten im Raum und überall schwirrten die Fliegen umher. Ich war damals zusammen mit einem Kameraden namens Bruno Schulz auch noch zum Beerdigungskommando eingeteilt. Und manchmal sind wir vor Hunger nachts zur Ruhrstation geschlichen und haben doch von dem Brot gegessen. Erstaunlicherweise, das erscheint mir noch heute wie ein Wunder, hat sich keiner von uns beiden angesteckt.

Die Toten wurden wegen der Hitze zunächst

*in den Keller gebracht und dort regelrecht
gestapelt. Wir kamen ja mit den Beerdigun-
gen kaum hinterher. Ein Mitgefangener, ein
Feldwebel, damals schon um die Mitte vierzig, mußte morgens immer mit einer Glocke
läuten und rufen: „Beerdigungskommando
raustreten!" Wir holten dann die Toten aus
dem Keller und legten sie auf die Panje-
wagen. Wir hatten dafür weder Handschuhe,
noch konnten wir uns ordentlich die Hände
waschen. Und bei der Hitze rann natürlich
schon Flüssigkeit von den Leichen. Später
fuhren wir die Wagen aus dem Lagertor zum
Stadtrand. Da wurden die Toten in alten bereits vorhandenen Schützengräben ver-
scharrt. Wenn ein Graben voll war, kam eine
dünne Schicht Erde darüber, vielleicht zehn
Zentimeter. Das war dann schon alles.
Manchmal, wenn wir am nächsten Tag wie-
derkamen, hatten die Hunde über Nacht
schon wieder ein paar Leichen freigescharrt.
Diese Anblicke, die sich uns dort oft boten,
waren unglaublich. So etwas könnte man,
glaube ich, in Filmen oder auf Photos nie-
mandem zeigen. So grauenhaft war das
manchmal.*

Diese Arbeiten verrichtete ich so lange, bis

es mich eines Tages selbst erwischt hatte. Ich bekam wieder Durchfall. Ich weiß noch, wie die russische Ärztin zu mir sagte: „Musick, erst Sanitäter und jetzt selber krank." Ich hatte auch keinen Appetit mehr. Aber Bruno Schulz und ich, wir waren damals Bettnachbarn, sagten uns, daß wir sterben würden, hörten wir auf zu essen. So haben wir dann manchmal eine Stunde und länger auf unserem Brot herumgekaut. Man kaute und kaute und konnte nicht schlucken. Ein Schluck von der Suppe zwischendurch half manchmal ein wenig. Jedenfalls haben wir unser Brot nie liegengelassen. Mal hatte der eine mehr Appetit auf Suppe und der andere auf Brot und wir haben dann unsere Rationen entsprechend geteilt. Es ging mir sehr schlecht. Ich konnte keine drei Stufen mehr bewältigen, ohne mich am Geländer festhalten zu müssen. Weil ich natürlich die Ärztin und die Schwester gut kannte, haben die mir ein Mittel zur Kräftigung gegeben. Das wurde in den Oberschenkel gepumpt. Eine große Menge, jedesmal fünfhundert Kubikzentimeter. Das dauerte ungefähr eine halbe Stunde. Der Oberschenkel war danach jedesmal richtig geschwollen. Aber es war nicht umsonst. Mein Kumpel Bruno und ich haben

beide überlebt und sind wieder gesund ge-
worden.

Einmal mußten wir alle antreten. Es kam
einer vom Komitee Freies Deutschland. Und
der stellte sich vor uns hin und wollte zu uns
sprechen. Da war unter uns so ein junger
Unterleutnant, und der wollte uns komman-
dieren. „Stillgestanden," und „Richt' euch"
und wollte dem vom Komitee Meldung ma-
chen. Aber von uns hat da natürlich keiner
mitgemacht in dieser Situation. Na, und dann
kam die Rede. Der sagte uns, wir sollten zu-
frieden sein, daß wir hier beim Russen in Ge-
fangenschaft wären. Da würden wir wenig-
stens nicht mehr totgeschossen werden.
„Ja," rief einer, „aber hier verhungern
wir!"

Draußen beginnt es zu dämmern. Es ist
Nachmittag geworden. Ich habe das Diktiergerät abgeschaltet, die mitgebrachten Kas-
setten sind voll. Vor mir liegt das Schreibzeug, ich habe es kaum benutzt. Ich bin müde
geworden, selbst Zuhören kann anstrengen.
Ich habe den Eindruck, daß mein Gegenüber
gern noch weiter berichtet hätte. Der Stoff
scheint ihm keineswegs ausgegangen zu sein.

Aber ohne Tonband hat das keinen großen Sinn. Wir werden uns also neu verabreden müssen.

Ein wenig steif geworden stehen wir auf. Mehrere Stunden haben wir am Tisch gesessen. Nebenher reden wir, natürlich über den Krieg und die Gefangenschaft. In der Veranda schlüpfe ich in meine Stiefel, die eiskalt geworden sind. Draußen höre ich den Hund, der offenbar zu gerne wüßte, was im Haus vor sich geht. Wir gehen auf den Hof. Der Hund springt an mir hoch und schnuppert an meiner Hosentasche. Er hat sich gemerkt, wo ich die Hundekekse aufbewahre. Ich gebe ihm einen zum Abschied.

Auf der Dorfstraße ist es still. Wie am Vormittag, als ich von zu Hause losging. Aber da war der Tag noch jung. Jetzt ist er schläfrig und krumm geworden, hat den Rauch aus den Schornsteinen in sich aufgesogen wie ein Schwamm. In einer Stunde wird es dämmrig sein. Dann kommt seine Ablösung, die Nacht, und er kann sich zur Ruhe begeben in langen Stunden der Dunkelheit.

Der Wind ist schwächer geworden, wenn

auch die Kälte geblieben ist. Während ich die wenigen hundert Meter zu meinem Grundstück gehe, hänge ich den Gedanken nach. Das Gehörte hat mich gepackt und will mich nicht loslassen. Später, bei einer Tasse Kaffee, werde ich die Bänder noch einmal anhören, bevor ich das Material mit Hilfe des Computers sichere.

Ich werde zu Hause von meinem Hund begrüßt, der treu auf mich gewartet hat. Meist tut er das, indem er einfach hinter dem Zaun liegt und schläft. Wenn er dann meine Frau oder mich hört, erwacht er und tut so, als hätte er die ganze Zeit über aufgepaßt. Aber wir haben ihn durchschaut. Er kann sich eben nicht geschickt genug verstellen.

Dann sitze ich an meinem Schreibtisch und das Tonband läuft. Ich lausche und mache mir ab und zu ein paar Notizen. Doch so richtig kann ich mich nicht konzentrieren. Ich denke an mein Vorhaben und weiß noch gar nicht, wie ich es realisieren soll. Wie soll ich schreiben? Ein gutes Buch zeichnet sich dadurch aus, daß man es nicht mehr aus der Hand legt, nachdem man die ersten Seiten gelesen hat. Wird mir das gelingen? Aber jetzt schiebe ich diese Gedanken doch beiseite. Bis ich zu schreiben beginne ist noch Zeit. Ich will den Winter dazu nutzen, wo man gern in einem warmen Raum sitzt und wo es auf dem Hof auch nicht viel zu tun gibt. Winter ist Schreibtischzeit.

Ich habe heute etwa zwei Stunden lang Tonbandmaterial aufgenommen. Zwei Stunden konzentrierter Bericht. Und diese kurze Zeit reichte aus, um eine lange Lebensspanne zu beschreiben. Eigenartig, denke ich. Erlebtes sozusagen im Zeitraffertempo. Und wie lange werde ich brauchen, um all das aufzuschreiben! Aber jetzt, wo ich einen greifbaren Anfang in den Händen halte, freue ich mich auf die kommenden Wochen der Arbeit.

An der Wolga

Heute ist Samstag. Wieder ein kalter Tag. Zum zweitenmal mache ich mich auf den Weg zu Paul Musick. Ausgerüstet bin ich auch diesmal mit meinem Diktiergerät, das ich vorsichtshalber mit frischen Batterien bestückt habe. Das Dorf liegt ruhig, genauso wie ein paar Tage zuvor. Hier im Dorf läuft das Leben insgesamt sehr ruhig ab. Die Tage ähneln sich und vergehen in einem stetigen Gleichmaß, das selten eine Abwechslung bietet. Ich mag diese gewisse Monotonie der Dinge, diesen hohen Grad an Vertrautheit. Zugegeben, im Herbst und im Winter kann diese Atmosphäre hin und wieder auch deprimierend sein. Und manchmal kommt so ein Gefühl der Einsamkeit auf. Tagelang sieht man keine Menschenseele und würde hinter den Fensterscheiben kein Licht brennen, könnte der Eindruck entstehen, man wäre ganz allein auf der Welt.

Die große Küche ist auch heute gemütlich warm und lädt zum Verweilen ein. Herdfeuer schafft ein besonderes Flair. Früher schon versammelten sich die Menschen um das

Feuer, wo sie dann gemeinsam arbeiteten, sangen und erzählten. Heute ist das nicht mehr so üblich. Moderne Heizungsanlagen haben dafür gesorgt, daß die Menschen in allen Räumen der Häuser verstreut leben. Hier aber sind wir durch das Feuer miteinander verbunden, haben den gleichen Kienduft in der Nase und laben uns an der gleichen wohligen Wärme.

Gestern habe ich mir die Tonbänder noch einmal angehört. Ich wollte die Bilder in meinem Kopf für den heutigen Tag auffrischen. Ich möchte da anknüpfen, wo wir unlängst aufgehört haben. Ich will die Geschichte nicht nur hören, ich will sie miterleben, sofern das überhaupt möglich ist.

Wir haben längst Platz genommen am Küchentisch mit der Wachstuchdecke. Gemeinsam hören wir uns die letzten Minuten der ersten Tonbandaufnahme an. Paul Musick braucht nicht lange nachzudenken und beginnt ohne Umschweife mit dem zweiten Teil seines Berichts.

Mitte Dezember 1944 wurden wir verlegt und sollten nach Kuibyschew an der Wolga.

Es war kalt am Morgen, der erste Frosttag. Alles war grau und überfroren. Als wir in die Güterwagen verfrachtet wurden, hörte ich die russische Ärztin noch sagen: „Musick und Schulz, die einzigen Überlebenden vom Frühjahr 1944." Ja, den Bruno Schulz würde ich gerne nochmal wiedersehen. Er war Jahrgang 1925, ein Jahr jünger als ich, und könnte demzufolge auch noch leben. Er stammte aus Pommern, hatte also durch den Krieg seine Heimat verloren.

Wir kamen zunächst nach Kusnezk, auch dicht an der Wolga. Das war eine kleine Stadt. Wir wurden in einem Gebäude untergebracht, das vielleicht einmal eine Schule gewesen war. Jedenfalls war gleich unten ein langer Korridor, von dem viele kleinere Räume abgingen. Und hier kamen wir hin. Als erstes mußten wir sämtliche Kleider ablegen und bündeln. Die Bündel mußten dann nach draußen getragen werden in einen Holzschuppen. Und das bei der Kälte. Es wurden kleine Holzbottiche aufgestellt, in denen wir uns waschen konnten. Und danach erhielten wir russische Unterwäsche. Das Zeug sah aus, als wäre es ein Jahr lang nicht gewaschen worden. Hinzu kam, daß diese

Unterwäsche, die aus einer Art Leinenstoff bestand, eher noch kühlte als wärmte. Dann ging es auf die Stuben. Die Fenster waren mit dickem weißem Eis überzogen, das auch den ganzen Winter über nicht abtaute. Wir lagen später auf den Strohsäcken, jeder mit einer dünnen Decke. Aber wir wurden einfach nicht warm. Deshalb krochen wir immer zu zweit auf eine Pritsche und hatten dadurch zwei Decken. Das ging dann etwas besser.

Eines Tages brach das Fleckfieber aus und wieder setzte ein Massensterben ein. Die Toten wurden hinausgeschafft in den Holzschuppen und dort gestapelt. Es war ja alles gefroren. Auch hier in diesem Lager war eine Ärztin, die uns untersuchte. Ich hatte ja wieter nichts, war auch zum Arbeitskommando eingeteilt, und sagte der Ärztin, ich sei lediglich schlapp. Jeden Tag ging ich also mit Bruno Schulz zur Arbeit. Es gab verschiedene Aufgaben, ähnlich denen in Odessa, also auch Holz holen, Beerdigungskommando und dergleichen mehr. Wir waren dreißig Mann. Morgens mußten wir antreten und unsere Bündel mit Kleidung in Empfang nehmen. Wie ich ja schon erwähnt hatte, trugen wir sonst nur die miserable russische

Unterwäsche. Über diesen Vorgang wachten jeden Morgen der russische Spieß und ein junges Mädel, das für die Bekleidung verantwortlich war. Draußen kontrollierte der Spieß noch, ob auch jeder Handschuhe hatte und dann ging es mit Schlitten ab zum Holz holen. Das war jedesmal ein Weg von sieben Kilometern hin und sieben Kilometern zurück. Es war unheimlich kalt. Besonders auf freier Fläche, wo der Wind blies. Ich kann mich noch daran erinnern, wie ich einmal auf freiem Feld austreten mußte. Runter bekam ich die Hose ja, aber beim Hochziehen mußte mir der russische Posten helfen, das hätte ich allein nicht mehr geschafft. Aber wir waren dadurch natürlich auch abgehärtet, weil wir ja jeden Tag hinausgingen. Doch die Neuen, die ab und an dazukamen, überstanden das oft nicht. Auf dem Weg zum Wald wurden sie dann starr. Und beim Rückmarsch bekamen sie kein Bein mehr vor das andere. Wir setzten die Leute einfach auf die Holzschlitten und die bekamen natürlich jede Menge Erfrierungen an Händen und Füßen.

Es gab unter uns etliche Gefangene, die für den Stab arbeiten mußten. Beispielsweise hatten sie die Aufgabe, Kartoffeln zu schälen.

Wir anderen mußten natürlich auch für den Stab Holz holen. Und so ließen die Küchenleute, wenn sie die Schalen wegbrachten, oft absichtlich ein paar ganze Kartoffeln dabei liegen, denn die wußten ja, daß wir Hunger hatten. Damals waren auch schon ein paar Rumänen und Ungarn unter uns Gefangenen. Die Ungarn waren eigentlich angenehme Leute, die Rumänen weniger. Die hielten mehr zu den Russen und zogen über uns Deutsche her. Wegen der Kartoffeln begann dann jeden Tag schon am Stadtrand ein Wettrennen zum Lager, jeder wollte der erste sein. Die Schlitten wurden hastig abgestellt und es begann eine Rangelei am Abfallhaufen. Der erste hatte natürlich jedesmal die meisten Kartoffeln und oft gingen die Posten dazwischen, wenn das Geschubse zu arg wurde. Ja, das war immer ein regelrechter Kampf, nur wegen einer Handvoll Kartoffeln.

Nachts wurden mein Kumpel Bruno und ich oft noch zusätzlich von den Pritschen geholt. Wir mußten dann den Flur im Lazarett reinigen. Es war bitter kalt und wir hatten ja nur unsere Unterwäsche an. Und das bei Außentemperaturen von dreißig Grad und mehr unter Null. Einer mußte die ungestrichene Dielung erst anfeuchten und anschließend mit einem großen Messer abkratzen und der andere mußte den Schmutz mit Wasser und einem Lappen aufnehmen und wischen, bis alles sauber war. Weil es so kalt war, beeilten wir uns natürlich mächtig dabei. Wir machten, daß wir wieder auf die Pritschen und unter die Decke kamen. Aber die Schwester, die Nachtdienst hatte, kontrollierte unerbittlich genau unsere Arbeit. Und wenn es ihr nicht sauber genug war, holte sie uns wieder von unseren Pritschen und wir mußten nochmal wischen.

Weiterhin mußten wir natürlich auch Gräber anlegen. Massengräber, Gruben von etwa vier mal fünf Metern im Geviert. Wir hatten kaum noch genug Kraft, um Picke und Brechstange aufzuheben. Obendrein war der Boden steinhart gefroren. Manchmal zündeten wir ein Feuer an, um die Erde wenigstens oberflächlich anzutauen, doch am nächsten Morgen spätestens war alles wieder steinhart. Aber auch wenn wir oft nicht viel schafften und manchmal vor Kälte nur auf und ab liefen, mußten wir trotzdem den ganzen Tag über dableiben. Ich habe bei dieser Arbeit auch den kältesten Tag meines Lebens

erlebt. Der Posten sagte uns, es wären neun-
undvierzig Grad unter Null. Es war derma-
ßen kalt, daß wir uns gegenseitig anschauten
und jedesmal aufmerksam machten, wenn je-
mandem beispielsweise die Nase weiß wurde.
Der Betreffende rieb sie dann eine Weile, bis
sie wieder durchblutet war. Sonst gehörten
Temperaturen von unter dreißig Grad noch
zum Normalfall. Jedenfalls stapelten sich die
Toten oft, weil wir einfach mit der Arbeit
nicht nachkamen. Manchmal fiel es den Po-
sten noch kurz vor dem Dunkelwerden ein,
daß wir die Toten auf Schlitten laden und
durch die Stadt hindurch bis zum Stadtrand
ziehen mußten. Oft rannten und spielten rus-
sische Kinder dabei um unsere Beine herum
oder liefen mit Schlittschuhen auf den Stra-
ßen. Am Stadtrand war ein Berg, den wir je-
desmal überwinden mußten, und oft fielen
uns die Toten dabei von den Schlitten. Die
Dunkelheit setzte ja auch schon ein und
manchmal wies uns der Posten dann an, die
Toten abzuladen und bis zum nächsten Tag
einfach liegenzulassen. Hatten wir irgend-
wann wieder einmal eine Grube fertig, war-
fen wir die Toten zu zweit hinein. Nun war es
ja so, daß manche in verdrehten Körperhal-
tungen gestorben waren. Der eine hatte ein

*angewinkeltes Bein, der andere einen ausge-
streckten Arm. Um den Platz gut auszunut-
zen, stand immer einer der Posten unten in
der Grube und bearbeitete die Gliedmaßen
solange mit dem Spaten, bis die einfach ab-
geschlagen waren. Das sind auch Erlebnisse, die ich heute einfach nicht mehr fassen
kann.*

Es ist für uns in unserer zivilisierten Welt
kaum vorstellbar, daß auf solch grauenhafte
Art und Weise mit Toten umgegangen wird.
Gut, es sind genug Bilder und Filmauf-
nahmen bekannt geworden, die in Konzentra-
tionslagern und auf Kriegsschauplätzen gemacht wurden, die solche Szenen dokumen-
tieren. Aber das ist dann doch für den Be-
trachter ein Stück entfernt von seinem unmit-
telbaren Erleben. Paul Musick hat solche
Dinge mit eigenen Augen gesehen, er war
dabei. Wieviele schreckliche Bilder kann ein
Mensch eigentlich verarbeiten? Wie muß es
belasten, derartige Erinnerungen zu haben.
Tote, die zu einem Stück Abfall degradiert
werden. Sicher ist das zum Teil den Um-
ständen des Krieges und der Gefangenschaft
geschuldet. Aber wie man es auch betrachten
mag, die Situation bleibt bestialisch, wirkt

fast grotesk. Horrorszenen aus einem End-zeitfilm.

Menschen sterben. Das ist der Lauf der Dinge. Doch hier sind es Menschen, die an den Folgen von Hunger, Kälte und Überarbeitung sterben. Die eigenen Kameraden müssen die Mitgefangenen bestatten, solange sie selbst noch dazu imstande sind. Alle befinden sich in der selben Situation. Jeder von ihnen kann der nächste sein. Und dann noch die grausamen Erlebnisse bei der ohnehin schon menschenunwürdigen Art der Bestattung in den Massengräbern.

Hier wandern meine Gedanken unwillkürlich hinüber zu unserem kleinen Dorffriedhof unter Kiefern und Birken im Wald. Liebevoll gepflegte Gräber der Angehörigen. Die Leute können hingehen, die Wege harken und Blumen pflanzen und dabei der Verstorbenen gedenken. Sie in guter Erinnerung behalten. Ein Ort der Nähe und der Vertrautheit.

Immer wieder sehe ich Berichte im Fernsehen über Menschen die sich darum kümmern, daß Gebeine aus entdeckten Massengräbern identifiziert und in heimatliche Erde überführt werden können. Die dann noch nach vielen Jahren zu ihrer endgültigen letzten Ruhe gebettet werden. Ich bin dankbar, daß es Menschen gibt, die sich um diese Art nachträglicher Humanität kümmern, die den Gefallenen und Verstorbenen des Krieges in ihrer letzten Stunde nicht zuteil wurde.

Mein Kamerad Bruno und ich gingen ja täglich zur Arbeit. Eines Tages beschlossen wir: „Heute gehen wir nicht!" Die Arbeitssachen hatten wir aber schon angezogen, die waren weg. Da sind wir einfach zu den Kranken hochgegangen und haben uns dort unter einer Decke verkrochen. Inzwischen waren die anderen unten schon angetreten. Der Spieß zählte durch und stellte fest: „Achtundzwanzig Mann." Das junge Mädchen, das für die Kleidung zuständig war, widersprach. „Nein, dreißig Mann!" Nach einem kurzen Disput zählten beide nochmal gemeinsam. Und das Mädel, das uns mittlerweile alle schon sehr gut kannte, ging die Reihe entlang und sagte dann: „Musick und Schulz fehlen!" Jetzt machten sich die beiden auf die Suche nach uns. Zuerst in den Stuben, dann im Krankenrevier, wo sie eine Decke nach der anderen von den Pritschen rissen. Na, man fand uns natürlich. Der Spieß packte uns am Kragen und wir bekamen jeder erstmal einen kräftigen Tritt mit seinen Filzstiefeln. Dann ging es wie üblich zur Arbeit. Ein paar Wochen später haben wir noch einen Versuch unternommen, uns wenigstens einmal zu drücken. Diesmal versteckten wir uns in unserer Stube unter den Pritschen. Die haben ziemlich lange gesucht. Aber ich weiß noch, daß der Spieß diesmal doch schon recht wütend wurde. Es hagelte Faustschläge und Tritte.

Irgendwann hatte ich mir dann ein zweites Paar Handschuhe organisiert. Das habe ich folgendermaßen gemacht: Abends, als wir uns wie üblich nach der Arbeit ausziehen und unsere Bündel fertigmachen mußten, habe ich meine Handschuhe nicht mit eingepackt, sondern habe sie in einem unbeobachteten Moment unter die Treppe geworfen, in deren Nähe ich stand. Später habe ich mir die Handschuhe dann geholt und in meinem Strohsack versteckt. Am nächsten Morgen erwischte ich auch tatsächlich ein anderes Bündel, in dem natürlich Handschuhe drin waren. So hatte ich jetzt zwei Paar und war damit ganz gut ausgerüstet. Zunächst steckte ich das zusätzliche Paar unter mein Hemd.

Draußen, kurz vor dem Abmarsch, kontrollierte der Spieß wie immer, ob jeder seine Handschuhe hätte. Natürlich gab es nun einen von uns, der keine hatte. Das junge Mädel wurde fast verrückt, weil ja am Vortag alles noch vollständig gewesen war und begann uns nun alle abzutasten. Sie fand aber nichts und mußte notgedrungen ein neues Paar Handschuhe herbeiholen. Und ich hatte in Zukunft wärmere Finger. Unsere Köpfe schützten wir noch zusätzlich mit kleinen Handtüchern, die wir uns unter die Mützen banden. Ich bin sehr froh darüber, daß ich mir damals nichts erfroren habe.

Ja, das war der Winter 1944/45 mit dem Massensterben an Fleckfieber. Irgendwann 1945 machte ich den Versuch jemanden zu finden, der vielleicht aus meiner Gegend stammte. Ich wanderte von Stube zu Stube und fand tatsächlich einen Kameraden aus der Gegend um Peitz. Der hatte sogar noch eine Armbanduhr bei sich, wenn auch ohne Armband. Die hatte er jedesmal, wenn der Russe filzte, in den Mund genommen und besaß sie auf diese Art und Weise immer noch.

Ich hatte mir zu dieser Zeit aus Zigaretten-

papier so eine Art kleines Notizbuch gemacht, wo ich dann Namen und Adressen ei-
niger Kameraden aufschrieb. Auch von denen, die verstorben waren. Ich hatte mir vorgenommen, einige Familien entsprechend
später zu benachrichtigen. Ich konnte das
Papier gut entbehren, da ich nicht rauche,
auch damals nicht und wir bekamen ja täglich eine Ration Machorka und Papier. Als
ich wieder zu Hause war, habe ich die Familie des Kameraden aus der Peitzer Ecke auch
tatsächlich aufgesucht. Ich weiß noch, daß
da eine Ölmühle war, in der man Leinöl her-
stellte. Seine Schwester sagte mir, daß ihr
Bruder bis jetzt nicht zurückgekommen und
vermutlich verstorben sei. Ja, dieser Kamerad war auch der einzige, der in meiner Nähe
zu Hause war. Die anderen stammten meist
irgendwo aus dem westlichen Teil Deutsch-
lands.

Die Kapitulation habe ich auch in diesem Lager erlebt. Ich weiß noch, da war nachts
dann ein riesiges Feuerwerk und die Russen
schossen in die Luft und schrien „Woina kaputt! Woina kaputt!". Am nächsten Morgen
kamen die Frauen, die bei uns das Essen ver-
teilten und jubelten auch alle, daß der Krieg

nun zu Ende sei. Ja, zu dieser Zeit war ich auch wieder krank und hatte Durchfall. Ich weiß noch, wie ich auf meinem Strohsack lag und es nicht mehr bis zum Toilettenkübel schaffte. Ich habe mich aber wieder gezwungen, regelmäßig mein Brot aufzuessen. Und ich kam auch diesmal durch. Ende Mai war ich dann wieder so einigermaßen gesund und einige Kameraden meinten zu mir: „Paul, diesmal dachten wir, du schaffst es nicht mehr..."

Im Juni kamen nun die von uns, die noch arbeiten konnten, in ein neues Lager, und zwar nach Pensa. Das ist auf der Strecke, wo wir später die Straße bauen mußten, etwa in der Mitte zwischen Kuibyschew und Moskau. Pensa war damals eine Kleinstadt. Es gab da so ein Neubaugebiet und wir mußten die Gräben für die Wasserleitung schippen. Ich weiß noch, wie wir täglich die drei Kilometer Wegstrecke zur Arbeit zurücklegen mußten. Es war so heiß, daß ich die Büchse mit Wasser, die ich morgens immer mitnahm, schon ausgetrunken hatte, wenn wir da waren. Ich kann mich noch an einen Morgen sehr deutlich erinnern. Wir liefen zwischen den Posten und irgendwo begegneten wir einem Postbo-

ten und der stand bei einer russischen Frau, die plötzlich zu weinen und zu schreien begann. Da sagte der Posten zu uns, die Frau hätte gerade die Nachricht bekommen, daß ihr Mann gefallen sei. Ja, das habe ich auch erlebt und bis heute nicht vergessen.

Damals war beim Russen noch die Methode üblich: fünfzig Minuten arbeiten und zehn Minuten Pause. Und wenn dann Pause war, kamen wir aus den Gräben heraus, der eine ging dahin, der andere dorthin und wir begannen nie pünktlich weiterzuarbeiten. Damals war das alles noch nicht so streng und der Russe achtete nicht darauf, ob wir irgendeine Norm schafften oder nicht. In diesem Lager gab es einen Oberfeldwebel, der sprach sehr gut russisch. Und der sorgte ein wenig dafür, daß man mit uns nicht machte was man wollte. Er stand sich auch mit der russischen Ärztin sehr gut. Eines schönen Tages mußten wir dann alle antreten und die Russen durchwühlten drinnen unsere Baracken. Strohsäcke flogen umher. Es sickerte durch, daß der Oberfeldwebel mit der russischen Ärztin gemeinsam nach Deutschland wollte. Er kam dann weg von uns. Aber ich denke, er wird durch seine guten Russisch-

kenntnisse nicht untergegangen sein.

Es muß so im Juli gewesen sein, da kam jemand ins Lager, der Leute aus der Arbeitsgruppe drei suchte. Das waren diejenigen, die nicht mehr so gut arbeiten konnten. Der Mann hatte da solch eine Art Gärtnereikolchose unter sich und wir sollten dort im Gewächshaus arbeiten. Ich gehörte auch zu dieser Gruppe. Also fuhren wir los in ein Dorf in der Nähe von Pensa. Hier war dann die Gärtnerei mit Frühbeeten und einem alten Gewächshaus, in dem wir auch schlafen mußten. Nachts, wenn es ruhig war, hörten wir immer an unseren Köpfen die Ratten laufen und wehe dem, der vielleicht noch ein Stück Brot bei sich hatte. Das holten sich mit Sicherheit die Ratten. Tagsüber gossen und verzogen wir Kohlpflanzen. Die wurden dann in Stiegen gelegt und zum Auspflanzen aufs Feld gefahren. Das mußten wir meist zusammen mit Frauen aus dem Dorf machen. Die brachten zum Glück immer Eimer mit Wasser aufs Feld und wir tranken Unmengen vor Durst und auch vor Hunger. Zum Schluß konnten wir die wirklich leichten Kisten mit den Pflanzen nicht mehr auf die LKWs heben, so schwach waren wir schon.

Eines Tages, es muß im Herbst gewesen sein, denn der Kohl wuchs schon, fuhren ein paar LKWs vor. Ein Arzt war auch mit dabei und wir wurden alle untersucht. Später sickerte dann durch, daß die Frauen im Hauptlager in Pensa gemeldet hätten, daß die Gefangenen fast verhungern würden. Wir wurden alle auf die LKWs verladen und kamen nicht mehr nach Pensa, sondern in das Lazarett nach Kusnezk. Irgendwann machte ein Gerücht die Runde, es würde ein Transport nach Deutschland gehen, und zwar mit all denen, die nicht mehr richtig arbeiten konnten. Und richtig, eines Tages kam so ein alter russischer Arzt, der uns alle wiederum gründlich untersuchte. Alle Kranken bekamen dann einen Vermerk in ihre Kartei für den Abtransport in die Heimat. Nur ich hatte immer noch kein entsprechendes Zeichen. Unser eigener Arzt, der sich auch unter den Gefangenen befand, konnte manchmal in den Unterlagen stöbern und sagte zu mir: „Du bist immer noch nicht dabei." Doch endlich, ein paar Tage später stand dann auch in meiner Kartei der Vermerk: „Nach Hause." Nun begann eine lange Wartezeit. Der Transport wurde immer wieder verschoben. Die Russen sagten, sie hätten keine Waggons. Japan hat-

te zu diesem Zeitpunkt noch nicht kapituliert und nun schafften die Russen ihre Truppen quer durch das Land mit der Bahn an die Front. Die ganze Sache zog sich hin bis in den Oktober hinein. Wir bekamen dann fünf oder sechs Mann hinzu, angeblich mit Fleckfieber. Die kamen aus einem zweiten Lazarett, das man neben unserem in der Stadt eingerichtet hatte. Der russische Arzt befragte nun uns hundertvierzig Mann, die entlassen werden sollten, wer von uns schon einmal Fleckfieber gehabt hätte. Wir hatten ein paar Leute dabei, vielleicht zwanzig Mann, die das schon mal als Soldat hatten, aber wir wußten nicht, daß man Fleckfieber nicht zweimal bekommen kann. Zu guter Letzt wurde über uns Quarantäne verhängt. Von uns hundertvierzig Mann fuhren nur die zwanzig, wir übrigen mußten dableiben. Das andere Lazarett wurde restlos geräumt, die fuhren alle nach Hause. Sie kamen zerlumpt im November in der Heimat an. Ja, und da habe ich das erstemal geweint. Ich hätte 1945 schon zu Hause sein können.

Endlich nach Hause. Krankheit, Hunger und Angst vor dem Tod hinter sich lassen. Träume vom Leben in der Heimat, im Dorf. Die

Lungen unbeschwert mit warmer frischer Luft füllen und abends in ein Bett steigen. Den Tageslauf wieder selbst bestimmen und wissen, daß das Leben zurückgekehrt ist. Nach langer Zeit der Entbehrung. Und mit einem Federstrich, einer Unterschrift, einem Wort wird dieser Lichtstrahl am dunklen Himmel wieder gelöscht. Dem Ertrinkenden wird die rettende Hand plötzlich wieder entzogen. Hoffnungen, die sich zerschlagen, die zerplatzen wie Seifenblasen.

Ich bin betroffen. Ich war es, als ich Herrn Musicks Bericht mit eigenen Ohren hörte und ich bin es auch heute, während ich diese Zeilen niederschreibe. Ich kann mir kaum eine verzweifeltere Situation für einen Menschen vorstellen. Das Schicksal scheint wie mit Endgültigkeit besiegelt. Ähnlich einem Todesurteil. Ich glaube, daß manche Menschen in solchen Situationen ihr Leben beenden. Weil einfach mit einem Schlag alle Kraft aufgezehrt ist. Es gibt nur noch eine leere Hülle um ein leeres Hirn und um ein Herz, das kaum noch bereit ist, weiter Blut durch einen restlos erschlafften Körper zu pumpen.

Paul Musick hat sich damals nicht fallen-
lassen. Sein Leben nahm seinen eintönigen
Fortgang hinter den Stacheldrahtzäunen der
Gefangenenlager. Denn irgendwo tief im Innern seiner Seele saß der Wille zum Überleben.

*Wir hatten mittlerweile auch keine Waschge-
legenheiten mehr. Draußen gab es aber eine
Rasenfläche. Zu fünft oder zu sechst gingen
wir dann jeden Morgen hinaus und wuschen
uns notdürftig mit dem Tau auf der Wiese.
Die anderen wuschen sich überhaupt nicht
mehr. Aber es war so, daß man sich doch zu-
sammenreißen mußte. Sonst war man verloren.*

*Ansonsten verrichteten wir die Arbeiten, die
wir immer schon getan hatten, wir holten
Holz und begruben die Toten. Ich muß noch
erzählen, wo wir das Holz herbekamen. Im
Wald hatte der Russe auf einer Strecke von
vielleicht zwei Kilometern Unterstände eingerichtet, halb im Boden und die Decken mit
einem halben Meter Erde bedeckt. Das war
damals schon überall gebaut worden, für den
Notfall. Diese Unterstände waren jeweils mit
vier Reihen Pritschen ausgestattet und die*

Decken waren mit dicken Rundhölzern abgestützt. Und diese Unterstände rissen wir nun ab. Wenn ich mich heute daran erinnere, war das eine ziemlich gefährliche Arbeit. Die dicken Stützbalken mußten wir unten drin wegknacken und das Dach aus gefrorener Erde blieb einfach stehen. Wäre da mal eine Decke eingestürzt, wären wir tot gewesen. Jedenfalls holten wir diese Balken als Brennholz. Wenn die Schlitten beladen waren, hat der Posten Feuer gemacht und wir konnten uns ein wenig aufwärmen. Nicht besonders gut, denn auf einer Seite fror man und auf der anderen war die Hitze kaum auszuhalten.

Einmal kam ein fremder russischer Offizier ins Lager, ein Jude, der machte Kontrollen. Er fragte uns, wie das Essen sei. Ich muß dazu sagen, daß die Verpflegung im Lazarett etwas besser war als im Lager. Wir sollten ja wieder kräftiger werden. Es gab zwar auch nur einmal am Tag Suppe und ein Stück Brot, aber zur Suppe gab es auch immer noch einen Löffel Hirsebrei oder Grütze oder manchmal auch ein paar Kartoffeln. Und so sagten wir, das Essen wäre gut, aber zu wenig. Er antwortete uns auf Deutsch: „Na, deutscher Mensch ißt doch gut und wenig..."

Gegenüber von unserem Lazarett gab es noch ein russisches Straflager. Mit den Gefangenen dort wurde viel strenger verfahren als mit uns. Heute weiß man ja, daß manch einer von denen nur irgendwo einen Sack Getreide gestohlen hatte und dafür gleich zwei oder drei Jahre ins Lager kam. Im Frühjahr dann konnten wir manchmal beobachten, wie die russischen Gefangenen morgens zur Arbeit fuhren. Die standen Mann an Mann auf dem LKW. Dann kam der Posten und befahl, die sollten sich hinsetzen. Alle hockten sich nun auf die Ladefläche und vorn saß der Posten mit seinem Gewehr und paßte auf, daß auf dem Weg zum Steinbruch ja keiner verschwand. Ja, das war der Winter 1945/ 46.

Ich glaube, es war Ende Februar 1946, als wir, jedenfalls die Arbeitsfähigen, zum erstenmal in das große Arbeitslager kamen. Und da mußten wir dann auch im Steinbruch arbeiten. Das Lager war wieder in der Nähe von Kusnezk. Die gebrochenen Steine mußten aufgestapelt werden. Anschließend wurde gemessen und das Ergebnis ausgerechnet. Ab und zu stapelten wir die Steine auch so, daß innerhalb der Haufen größere Hohlräume entstanden, um schneller fertig zu werden. Schlecht war es nur für uns, wenn die Russen nach dem Messen nicht gleich wieder verschwanden. Wir mußten ja warten, bis die weg waren, sonst hätten sie die Hohlräume gesehen. Später wurden die Steine nämlich einfach den Hang hinuntergerollt, wo sie dann unten auf die LKWs geladen wurden. Man mußte die Norm schaffen, wenn man beispielsweise zweihundert Gramm Brot mehr bekommen wollte. Schlimm war auch die Kälte. Mittags, wenn es Essen gab, haben wir unsere Handschuhe gar nicht mehr ausgezogen. Wir haben meist nur unsere Büchsen füllen lassen und das Wenige, was darin war, tranken wir dann mit ein paar Schlukken aus.

Im Lager waren ungefähr tausend Mann. Morgens wurde gezählt, das dauerte manchmal ewig. Das gleiche wiederholte sich zum Abend. Dann wurden auch die gezählt, die im Lager geblieben waren. So standen wir mitunter eine halbe Stunde frierend in der Dunkelheit und Kälte, bevor wir endlich in die Baracken konnten. Das war schon sehr hart.

Damals mußten wir bei jeder Temperatur arbeiten, auch wenn es noch so kalt war. Wir hatten keine Winterkleidung, sondern mußten mit unseren normalen deutschen Uniformen raus. Später, zum Ende meiner Gefangenschaft hin, änderte sich das. Wir bekamen Wattejacken und dazu noch russische Pelze. Allerdings froren wir trotzdem mehr als früher. Wenn man so lange in Gefangenschaft lebt und der Körper ist ausgemergelt, da kannst du anziehen, was du willst. Man friert einfach immer. Das ganze Leben war damals nur ein Kampf um Sein oder Nichtsein. Schlimm war auch, daß die Brigaden immer wieder auseinandergerissen wurden. Man kam aus Arbeitsgruppe zwei in Arbeitsgruppe drei oder wurde einem Vorauskommando zugeteilt, das irgendwo ein neues Lager errichten sollte. Jedenfalls war man ständig von neuen Leuten umgeben. So war es auch nicht möglich, vielleicht mit einem Kumpel zusammenzuarbeiten von Anfang bis Ende, oder den man in der Freizeit hätte besuchen können.

Das war auch manchmal schwierig bei der Arbeit. Wenn man Pech hatte, kam man mit welchen zusammen, die wie wild rackerten, um Bestarbeiter zu werden. Und das in der

Hoffnung auf baldige Entlassung. Aber die meisten von denen wurden nicht früher entlassen. Im Gegenteil. Viele von ihnen starben einfach, weil sie trotz Kälte und Hunger so schwer schufteten. Das hält der Körper auf Dauer eben nicht aus.

Es war aber manchmal bei der Arbeit auch völlig anders. Ich kann mich erinnern, wie ich einmal mit zwei Abiturienten zusammengearbeitet habe. Die waren die schwere körperliche Arbeit nicht gewöhnt. Außerdem wollten sie sich auch von vornherein nicht mehr als nötig anstrengen. Und sie sagten zu mir: „Paul, immer schön langsam, immer einen Schritt vor den anderen!" Nun war es so, daß diejenigen von uns, die ihre Norm nicht schafften, zum Russen zitiert wurden. So ging es uns natürlich auch irgendwann. Aber meine beiden Kollegen meinten nur zum Russen, er solle uns doch ruhig mal beobachten und sehen, ob wir stillstehen würden. Wir würden uns den ganzen Tag bewegen und mehr könnten wir eben nicht schaffen. Und so war es ja auch tatsächlich. Aber bald wurde unsere kleine Gruppe wieder getrennt, weil der Russe wohl fürchtete, wir würden uns mit der Zeit zu gut aufeinander einspielen.

Einmal war ich mit einem Oberfeldwebel der SS zusammen. Der hatte eine Sehnenscheidenentzündung. Und immer, wenn er zur Ärztin mußte, bearbeitete er in der Nacht vorher sein Handgelenk so sehr, daß es am nächsten Morgen richtig schön geschwollen war und knirschte. So war er oft wochenlang krank und brauchte nicht zu arbeiten. Er sagte einmal zu mir: „Paul, mich lassen die sowieso nicht nach Hause, weil ich bei der SS war. Ich gehe als letzter. Aber arbeiten will ich für die auch nicht!" Ja, so etwas habe ich auch erlebt. Es gab auch Gefangene, die einfach Sabotage machten. Ich kam einmal mit Leuten zusammen, die eine Weile in einem Hafen gearbeitet hatten. Die mußten dort Radios, Nähmaschinen und andere Geräte aus- und umladen. Sie erzählten mir, daß der Russe an vielen dieser Geräte sicherlich keine Freude haben würde, weil die Gefangenen, wo immer sie konnten, Teile von den Geräten abgebaut und weggeworfen hätten.

Es gab sogar Gefangene, die mit ihrer Arbeit etwas Geld verdienten. So kam ich mal mit einem zusammen, der aus der Hamburger Gegend stammte. Der war als Gefangener in Moskau und fuhr dort einen LKW. Ohne Bewacher. Und manchmal ging ihm ein russisches Mädel zur Hand. Im Sommer dann hielt er manchmal an einem Eisstand an und kaufte für sich und das Mädel Eis. Das hätte die Russin selbst nicht machen können, da sie kein Geld hatte. Da ging es dem Gefangenen scheinbar besser als der Einheimischen.

Zu dieser Zeit hatten wir aber zumindest noch gutes Werkzeug. Die Steingabeln waren gut und vor allem leicht. Das änderte sich in den späteren Jahren. Da waren die Gabeln dann plötzlich unheimlich schwer. Als ich aus der Gefangenschaft entlassen wurde und wieder zu Hause war, merkte ich auch, woran das lag. Die Werkzeuge waren ganz einfach Nachkriegsware und die war natürlich nicht so gut.

Im Sommer 1946 haben wir dann schon Straßen gebaut. Das ging alles per Hand und Schubkarre. Nur das Straßenbett wurde von russischen Arbeitern ausgehoben. Die hatten dafür aber große amerikanische Maschinen, die eigentlich dafür gedacht gewesen waren, gasverseuchtes Erdreich abzutragen. Die Fahrzeuge hatten ein großes Schiebeschild und waren hinten mit zwei Achsen angetrieben. Der Sand wurde dann auch mit LKWs angefahren, aber beladen mußten wir die per Hand. Wir arbeiteten in Brigaden von fünfundzwanzig Mann und mußten am Tag hundert LKWs beladen, also pro Mann kam man da auf vier Ladungen. Ich schätze, daß auf einen LKW vielleicht zweieinhalb bis drei Kubikmeter paßten. Die verlangten schon eine große Leistung von uns.

Der Schotter, der verwendet wurde, stammte aus den Steinen, die wir im Winter gebrochen hatten. Dafür gab es riesige Mahlwerke. Die Steine wurden dann nach Größen sortiert gelagert, also Splitt und Schotter getrennt. Das alles wurde wieder mit LKWs zur Straße gefahren, das Auf- und Abladen ging natürlich wie üblich per Hand. Auch das Verteilen des Schotters auf dem Straßenbett erfolgte in Handarbeit und mit der Schubkarre. Es war eine furchtbare Schufterei. Auf der Baustelle arbeiteten auch deutsche Ingenieure mit ihren Nivelliergeräten. Alle zehn Meter war dann als Markierung ein Holzpflock eingeschlagen, der die genaue Höhe des Schotters anzeigen sollte. Und manchmal, wenn wir unsere Norm beim besten Willen nicht schaffen konnten, haben wir die Pfähle heimlich tiefer in den Boden getrieben, so daß wir nicht ganz so viel Material aufschütten mußten. Na, als wir dann vielleicht einen Kilometer fertig hatten, merkte der Russe natürlich, daß die Straße ganz wellig war. Glücklicherweise bekamen die Ingenieure den meisten Ärger.

Im Jahr 1946 hatte der Russe eine schlechte Ernte. Das hatte ganz einfach zur Folge, daß uns die Brotrationen um zweihundert Gramm pro Tag gekürzt wurden. Der Hunger wurde nun noch schlimmer. In der Nähe des Steinbruchs standen junge Lindenbäume. Als die im Frühjahr Knospen bekamen, wurden die von den Gefangenen gegessen. Auch aus Brennesseln und Melde kochten wir uns in unseren Blechbüchsen Suppe. Natürlich aßen wir auch die Kartoffelschalen aus der Küche, aber der Russe sorgte irgendwann dafür, daß wir das nicht mehr machen konnten. So hungerten wir von einer Mahlzeit zur anderen. Und während dieser Zeit stellte ich fest, daß die Offiziere unter den Gefangenen eine extra Küche hatten und besseres Essen bekamen als die einfachen Soldaten. Ich konnte nicht verstehen, warum der Russe solche Unterschiede zwischen den Gefangenen machte.

Dieser Steinbruch war ja solch ein Berg. Wenn man unten stand dachte man, die Temperatur wäre ganz erträglich. Kam man aber nach oben, so wehte dort eine unwahrscheinlich kalte Luft, und ausgerechnet oben am Berg mußten wir ja arbeiten. Und es war eigentlich jeden Tag windig. Ja, Kälte und Hunger haben uns am meisten zu schaffen gemacht an der Wolga. Und die Bevölkerung dort war den Deutschen auch längst nicht so wohlgesonnen, wie es dann später in der Ukraine der Fall war, obwohl ja gerade dort Kriegsgebiet gewesen war. Sicher hatte die russische Propaganda in den Köpfen vieler Menschen an der Wolga ihre Spuren hinterlassen. Wenn man einmal die Gelegenheit hatte, bei den Leuten um ein Stückchen Brot zu betteln, wurde man schon recht komisch angesehen. Ich weiß noch, wie ich an einem Hof bettelte. Da war so ein Kriegsversehrter, ein Bein war amputiert, der kam mit seinen Krücken auf mich zu, so daß ich schnell verschwinden mußte.

Einmal bauten wir einen Straßenabschnitt, der etwa fünfzig Kilometer durch einen Wald führte. Es gab weit und breit kein Dorf und kein Haus. Aber Pilze wuchsen im Wald. Und vor Hunger begannen die Gefangenen, Pilze zu sammeln. Die wurden dann in unseren Blechbüchsen zubereitet. Ich hielt mich anfangs zurück, da ich 1944 schon einmal erlebt hatte, wie ein Gefangener sehr qualvoll an einer Pilzvergiftung gestorben war. Als ich aber merkte, daß alles gut ging, begann ich auch Pilze zu sammeln. So haben wir jeden Tag eine oder auch zwei Büchsen Pilze zusätzlich gegessen.

1947 mußten wir in einem anderen Dorf ein neues Lager aufbauen. An eine Begebenheit in diesem Lager kann ich mich auch noch gut erinnern. Damals war es so, daß ich schon seit Ewigkeiten nicht hatte nach Hause schreiben können, da ich keine Postkarte besaß. Unser deutscher Lagerkommandant meinte nur, daß die wenigen Karten, die vorhanden waren, nur die Bestarbeiter bekämen. So lautete eben die Verfügung des Russen. Ich hatte aber seit 1944 nicht mehr schreiben können. Trotzdem blieben meine Bemühungen erfolglos. Nun paßte ich auf, um einmal den russischen NKPD-Leutnant abzupassen, der die gesamte politische Leitung im Lager unter sich hatte. Eines Tages sah ich ihn endlich und erklärte ihm, daß ich seit 1944 in

Gefangenschaft sei und meine Eltern daheim noch nicht einmal wüßten, ob ich noch am Leben sei. Da griff er nach der Brusttasche seines Uniformrocks, gab mir eine von seinen Rot-Kreuz-Karten und sagte: „Bitte,... schreiben Sie!"

Jahrelang hatte Paul Musick keine Möglichkeit, Kontakt zu seiner Familie in der Heimat aufzunehmen. Eltern, Geschwister, Verwandte und Freunde wußten nicht, ob er überhaupt noch am Leben war. Es war ein nervenzermürbender Zustand zwischen Hoffen und Bangen. Und auch der Gefangene konnte nicht wissen, ob seine Familie noch lebte, ob das Haus noch stand, ob alle daheim gesund waren.

Aus dieser Zeit ist eine alte Rot-Kreuz-Karte erhalten geblieben, die Paul Musick nebst einigen anderen Karten bis heute aufbewahrt hat. Sie ist mit Vorder- und Rückseite auf der nächsten und übernächsten Seite abgebildet.

Dieses Lager war noch nicht ganz fertig, aber ich glaube, der Stacheldrahtzaun stand schon. Die Bauern im Dorf hatten auch Kühe. Die ließen sie frei herumlaufen, daß sie

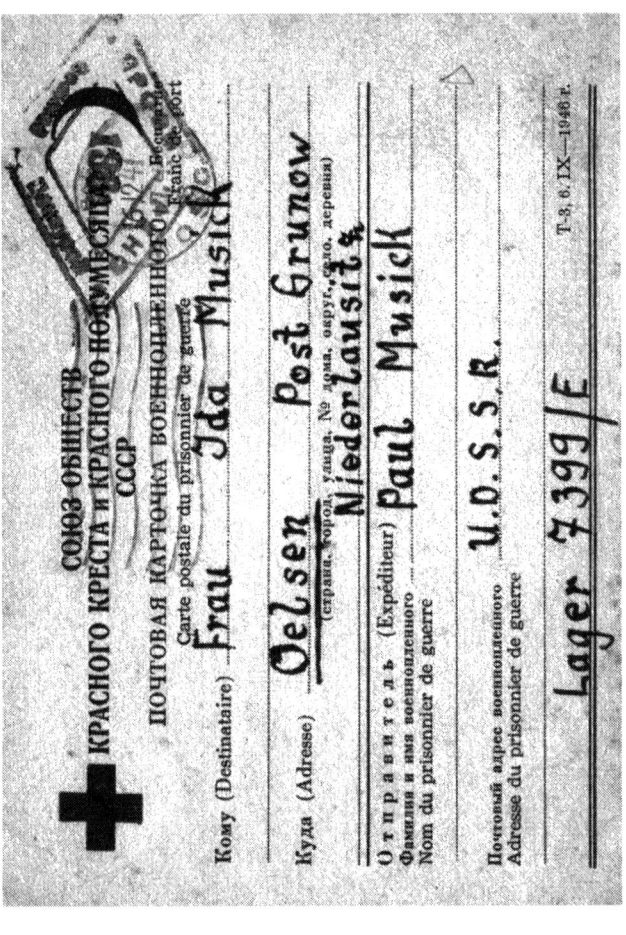

den, 25. Nov. 1947.

Liebe Mutter!

Nochmals vielen Dank für die
wunderbare Geburtstagskarte.
Das Du an mich denkst, und uns liebst,
kann ich auf dieser Karte ersehen.

Dein Sohn

Paul!

sich selbst irgendwo Grünfutter suchen konnten. Eines Tages verirrte sich eine Kuh in unser Lager. Daraufhin ließ der russische Lagerkommandant das Tor schließen und die Kuh war eingesperrt. Da sind die Gefangenen natürlich hin und jeder hat versucht, die Kuh zu melken, um ein paar Tropfen Milch zu ergattern. Manche, die vom Lande waren, konnten das ja. Jedenfalls hatte die Kuh die ganze Nacht über keine Ruhe, wurde gemolken, gemolken, gemolken. Am nächsten Tag dann mußte der Bauer, dem die Kuh gehörte, ein paar Rubel an den Lagekommandanten bezahlen, um das Tier zurückzubekommen. Ja, die Russen haben damals überall Geschäfte gemacht. Auch die Posten waren da keine Ausnahme. Wir mußten einmal mit zwei Mann mit dem Schlitten aus einem anderen Dorf Glasscheiben holen. Die Scheiben waren mit Brettern verschlagen und wir beluden damit den Schlitten. Als wir gerade auf dem Rückweg waren, befahl uns der Posten, noch im Dorf anzuhalten. Er verschwand dann in verschiedenen Häusern und diskutierte mit den Bewohnern. Er verkaufte anschließend ein paar von den Scheiben an die Leute. Als der Posten sein Geld hatte, ging es weiter.

Am schlimmsten war es immer, wenn einmal die Zahl der Gefangenen beim abendlichen Zählen nicht stimmte. Wenn wir dann durchgefroren zurückkamen, standen wir vor dem Tor und es wurde gezählt und gezählt. Es wurde lange gerechnet, drinnen in den Baracken nochmal gezählt und wieder gerechnet. Manchmal stimmte das Ergebnis dann immer noch nicht und alles begann von vorne. So haben wir oft eine Stunde und länger vor dem Tor in der Kälte stehen müssen.

1948 im Frühling kamen wir aus diesem Lager wieder weg. Vorher mußten wir natürlich noch die Steine, die wir den Winter über gebrochen hatten, auf die LKWs laden, die nun das ganze Material zur Straßenbaustelle brachten, wo im Frühjahr die Arbeit weitergehen sollte. Und dann verließen einige Brigaden von uns, auch meine gehörte dazu, das Lager. Wir mußten die Strecke bis zum neuen Lager zu Fuß zurücklegen, mit unseren Strohsäcken auf dem Rücken. Ich weiß nicht, wie weit der Weg war, jedenfalls waren wir den ganzen Tag über unterwegs. Endlich hatten wir unser Ziel erreicht, ein kleines Dorf namens Solny, ganz dicht an der Wolga gelegen.

Die Gefangenen, die verlegt wurden, waren nicht mehr Arbeitsgruppe eins oder zwei, sondern konnten viele Arbeiten nicht mehr verrichten. Alle vier Wochen war bei uns Kommissionierung. Wir mußten alle nackt vor der russischen Ärztin erscheinen, wurden untersucht und in entsprechende Gruppen eingeteilt. Die Arbeitsgruppen eins und zwei waren verwendungsfähig für alle Arbeiten, also Steinbruch und Straßenbau. Arbeitsgruppe drei konnte leichtere Arbeiten machen, also Steineklopfen oder Lagerarbeiten. Dann kam die Gruppe „OK", die konnten eigentlich schon gar nicht mehr arbeiten, das bedeutete: „Ohne Kraft". Dann folgten auf Grund des sehr schlechten Ernährungszustandes vieler Gefangener die Stufen Dystrophie eins, zwei und drei. Wer einer der letzten drei Stufen zugeordnet war, der war sozusagen der Tod auf Latschen. Ich selbst war schon einigemale soweit gewesen, schon in Odessa. Da mußte man sich dann schon fast bei jedem Schritt irgendwo festhalten, um nicht zusammenzubrechen. Wenn jemand noch das Pech hatte und es kam eine kleine Krankheit dazu, war das Ende da.

Wir, die verlegt worden waren, gehörten damals zur Arbeitsgruppe drei. Auch hier, im neuen Lager, hatten wir mit dem Straßenbau zu tun. In der Ferne sahen wir Ölbohrtürme stehen. Und wir mußten nun Steine klopfen, einfach mit dem Hammer, die dann später für die Straße verwendet werden sollten. Irgendwann hatte ich mit einem Kameraden die Aufgabe bekommen, nachts unser Werkzeug zu bewachen. Das war nicht schlecht, wir hatten dann am Tage frei und mußten nicht arbeiten. Eines Abends, die Brigaden waren schon weg, kam so ein fünfzehnjähriger Junge zu uns. Der war offenbar Wolgadeutscher und sprach auch gebrochen deutsch. Der erklärte mir, daß er Tischler werden wolle, aber kein Geld für das notwendige Werkzeug habe, und fragte mich, ob ich ihm nicht einen Hammer besorgen könne. Er würde mir Brot dafür geben. Da habe ich ihn nachts zu mir bestellt, gab ihm einen Hammer und bekam mein Stück Brot. Ja, so war das damals. Dadurch, daß ich als Nachtwächter eingesetzt war, hatte ich tagsüber manchmal die Möglichkeit ins Dorf zu gehen und mir ein paar Kartoffeln, ein Stück Kürbis oder auch mal ein Scheibchen Brot zu erbetteln. Das hatte ich dann zusätzlich.

Im folgenden Sommer hatten wir ein paarmal Gelegenheit, in der Wolga zu baden und uns ein wenig zu waschen. Aber der Fluß war ziemlich verdreckt, scheinbar von den vielen Schiffen, die da fuhren. Wenn man aus dem Wasser herauskam, hatte man einen Ölstreifen um den Hals. Die Wolga war an dieser Stelle unheimlich breit. In der Mitte war sogar eine Insel. Im Frühjahr, sicher durch die Schneeschmelze, war der Fluß noch mindestens fünfzig Meter breiter. Der Wasserstand sank dann im Sommer wieder. Im Frühling, wenn das Eis zu schmelzen begann, hörte man kilometerweit das Donnern der Eisschollen. Ja, das war schon ein reißender Strom, die Wolga.

1948 wurde ich dann nochmal aufgestellt als Heimkehrer, zum zweitenmal während meiner Gefangenschaft. Wir waren so an die siebzig oder achtzig Mann. Alles wurde nochmal genau aufgenommen. Man fragte uns wiederholt, welcher Einheit wir angehört hätten; es wurde untersucht, ob wir nicht womöglich irgendeinem Erschießungskommando angehört hätten und dergleichen mehr. Eines Abends bekamen wir dann Kübel mit Wasser zum Waschen, erhielten gewa-

schene Unterwäsche, einen neuen blauen Ar-
beitsanzug und sollten damit nach Hause
fahren. Am nächsten Morgen endlich hieß es:
„Heimkehrer antreten!", und wir siebzig
Mann standen nun da. Dann wurde eine Liste
mit etwa vierzig Namen verlesen und der
Rest, zu dem ich leider auch gehörte, blieb
wieder da. Das war für mich also das
zweitemal, daß sich alle Hoffnung zerschlug.

In der Ukraine

Während ich diese Zeilen schreibe, hat der Sommer das Frühjahr bereits abgelöst. Sehr trocken, windig. Der Wetterbericht sagt, es wäre seit 1947 der trockenste Sommer im Land und ich glaube das unbesehen. Über unserem Dorf hängt eine Glocke aus Hitze und dem bitteren Geruch verbrannten Grases. Überall, wo ich Menschen treffe, hantieren sie mit Gießkannen und Rasensprengern. Der Kampf gegen die Dürre. Lebenserhaltende Maßnahmen für die Bäume und Garten-pflanzen.

Von fern höre ich das rhytmische Geräusch eines Wetzsteins auf dem Sensenblatt. Fast fühle ich mich in längst vergangene Zeiten versetzt und die Geräusche klingen wie eine warme Musik in meinen Ohren. Solch ein Klang ist selten geworden. Eigentlich hört man nur noch das Rumoren der benzingetrie-benen Rasenmäher und Motorsensen. Ur-sprüngliches ist aus unserer Welt fast ver-drängt worden. Aber zum Glück nur fast.

Und ich schreibe immer noch. Begonnen habe ich im Winter und dieser Sommer soll mir die Zeit spenden all das festzuhalten, was gesagt werden soll. Und dann im Herbst soll die Arbeit abgeschlossen sein, die Ernte wird eingebracht.

Im September oder Oktober 1948 kamen wir übrigen dann nach Belgorod in der Ukraine. Wir kamen in ein Lager, wo erst eine einzige Baracke stand, in der wir untergebracht wurden. Wir mußten nun Bunker bauen als Unterkünfte für die, die noch nach uns kommen sollten. Jeder dieser Bunker war halb in der Erde und war für ungefähr hundert Mann bestimmt. Als Decke wurden Holzbalken gelegt, dann kam ein halber Meter Erde darüber. In die Mitte kam jeweils ein Ofen. Im Winter war die Erde ja gefroren, aber wenn es im Frühjahr taute, tropfte ständig Wasser von der Decke.

Dann wurden wir irgendwann noch einmal gesammelt. Inzwischen hatten wir viele neue Gefangene dazubekommen, von der Krim und von Charkow waren welche gekommen und dazu wir von der Wolga. Wir hatten ja noch nie elektrisches Licht gehabt, immer nur Petroleumlampen. So war dann auch im-

mer alles voll Ruß. Einige von denen, die von
der Krim kamen, begannen bei uns zu wie-
nen. Erstens waren sie die Kälte nicht gewöhnt, obwohl es in der Ukraine längst nicht
so kalt war wie an der Wolga. Und zweitens
hatten sie bisher elektrisches Licht gehabt.
Sie konnten sich einfach mit den primitiven
Verhältnissen, unter denen sie bei uns leben
mußten, nicht abfinden. Ganz offensichtlich
hatten sie ihre bisherige Gefangenschaft in
weit besseren Lagern verbracht.

Einer der Leute von Charkow hatte meinen
Namen gehört. Da kam er auf mich zu und
fragte: „Musick? Sag mal, hast du einen
Bruder, der in Gefangenschaft ist?" „Ja,"
sagte ich, „er ist in Charkow, das haben mir
meine Eltern geschrieben." Da entgegnete
der Kamerad: „Mensch, den kenne ich, der
ist mein Pritschennachbar gewesen. Der ist
jetzt Arbeitsgruppe drei und ist dageblieben." Zu uns hatte man nämlich nur Gefangene der Arbeitsgruppen eins und zwei geschickt. Ja, und es dauerte gar nicht lange,
da erhielt ich von zu Hause Nachricht, daß
mein Bruder inzwischen daheim angekommen wäre. Um ein Haar hätten wir uns also
im Lager in Belgorod getroffen, das wäre ein

ganz seltener Zufall gewesen.

Später mußten wir auf dem Bahnhof arbeiten. Hier gab es keinen Steinbruch, so daß die Russen die Steine mit der Eisenbahn heranschafften. Wir mußten die Güterwagen dann entladen und die bereitstehenden LKWs entsprechend beladen. Das Material wurde in Richtung Charkow transportiert, wo im Frühjahr 1949 eine neue Straße gebaut werden sollte. Auch Waggons mit Langholz aus Deutschland trafen auf dem Bahnhof ein. Selbst nachts wurde manchmal gearbeitet, je nachdem, wann die Transporte kamen.

Wir hatten in Belgorod wunderbare Bewacher, einfach einmalig. Die kamen immer zum Brigadier und sagten: „Zwei Mann können gehen..., organisieren!" Und so gingen wir in die Dörfer, manchmal auch direkt nach Belgorod, und besorgten Brot, Kürbis und dergleichen. Wenn wir zurückkamen, nahmen sich die Posten jedesmal ein großes Stück davon. Die hatten genauso Hunger wie wir. Den Rest teilten wir Gefangenen dann unter uns auf.

Ich war immer recht pfiffig, wenn es ums

Organisieren ging. Nun war ich ja nach wie vor einer der jüngsten und vielleicht hatte ich mit den meisten Hunger. Und so zog ich dann los, fast jeden Tag. Ich bekam natürlich auch immer den besten Mantel, einen russischen Pelz, um in der Stadt auf dem Basar nicht allzusehr aufzufallen. Als Gefangene bekamen wir ab und zu ein Stückchen Seife und auch neue Fußlappen. Das wurde dann natürlich verkauft. Eines Tages, ich war auf dem Basar und ging von Stand zu Stand, hörte ich, wie sich zwei Russen über mich unterhielten. Die konnten nichts damit anfangen, daß ich deutsch sprach. Der eine fragte seinen Kollegen: „Njemze?“ und der andere antwortete ihm: „Njet, Russki!“ Ja, das war so eine spaßige Begebenheit. Ich habe dann meine Seife und die Fußlappen auch verkauft. Mit dem Geld ging ich in ein Magazin in der Nähe des Lagers, das eigentlich für die Russen bestimmt war, und habe dort Brot gekauft.

Einmal luden wir uns zu zehnt einen der schwächsten Holzbalken auf die Schultern. Für mehr Gewicht reichte unsre Kraft einfach nicht aus. Die Russen halfen uns dabei. So beladen zogen wir in Richtung Stadt, um den Balken dort zu verkaufen. Die Russen wollten Geld dafür haben. Aber was passierte? Wir liefen genau der Miliz in die Hände! Natürlich mußten wir mit dem Balken zurück zum Bahnhof und die Miliz griff sich den Posten, der sich natürlich dumm stellte. Er tat so, als wären wir heimlich mit dem Holz losgezogen. Das war aber nicht weiter schlimm, denn die Miliz konnte uns Gefangenen ja nichts anhaben.

Ich zog auch oft von Haus zu Haus und war immer wieder erstaunt, wie freundlich die Bevölkerung zu uns Deutschen war. Immerhin war die Ukraine während des Krieges etwa drei Jahre lang von den deutschen Truppen besetzt. Mein Brot bekam ich von den Leuten dort immer. Einmal kam ich in ein Haus, da hatten die Leute Weizen auf den Tisch geschüttet. Die Frauen und Mädchen waren nun damit beschäftigt, die Spreu herauszublasen. Ja, und wie ich so hereinkomme, jung und mit einem guten Mantel bekleidet, fingen die Frauen an mich aufzufordern, mir ein Mädel auszusuchen und dazubleiben. So haben die sich mit mir unterhalten und ich erinnere mich trotz allem gern an diese Zeit in Belgorod.

So trostlos ein Leben hinter Stacheldraht auch ist, gab es offensichtlich doch auch spaßige Begebenheiten, an die sich Paul Musick heute noch gern erinnert. In gewisser Weise bewundere ich ihn, der so viel erleiden und erdulden mußte, dafür, daß er nicht nur von den schlimmen Erlebnissen berichtet, sondern auch die wenigen schönen Momente im Gedächtnis bewahrt hat. Und ich denke, daß es auf der Welt weniger Streitigkeiten und Kriege gäbe, wenn alle Menschen so wie er wären. Ohne verbittert zu sein und ohne Haß zu nähren.

Dadurch, daß ich mit dem Organisieren von Lebensmitteln beschäftigt war, habe ich in diesem Winter kaum arbeiten müssen. Wir gingen immer zu zweit auf Tour. Und abends hatten wir jeden Tag soviel zusammen, daß für unsere zwanzigköpfige Brigade pro Mann etwa zweihundert Gramm Brot und eine Büchse mit Kartoffeln zusätzlich zur Verfügung standen. Oft hatte ich das Glück, daß man mir in den Dörfern noch zu essen gab, was von den Mahlzeiten übriggeblieben war. Manchmal war ich so satt, daß ich kaum noch ins Lager laufen konnte. Abends aber war ich schon wieder hungrig, daß ich ein ganzes Pfund Brot verdrücken konnte. Na ja, man konnte das alles auch schnell verdauen, da das meiste ohne Fett war.

Weil wir ausreichend zu essen hatten, wuchsen natürlich auch unsere Lebensfreude und unser Mut. Inzwischen waren wir ja auch mit den Posten sehr gut bekannt. So marschierten wir manchmal abends, wir waren fünf Brigaden zu je zwanzig Mann, durch die Straßen von Belgorod. Die Russen sind ja bekanntlich ein sangesfreudiges Volk. Und die Posten forderten uns auf, zu singen. An der Wolga hätte niemand den Mund aufbekommen, so hungrig und elend waren wir dort alle. Aber jetzt, hier sangen wir, und zwar folgendes Lied: „Als die goldne Abendsonne sandte ihren letzten Schein, zog ein Regiment von Hitler in ein kleines Städtchen ein..." An den weiteren Text und die beiden anderen Strophen kann ich mich nicht mehr so genau erinnern. Jedenfalls war das Lied zu Ende und begeistert rief unser Posten: „Nochmal,... das von Hitler!" Und so sangen wir das Lied mehrmals, und jedesmal, wenn der Name „Hitler" fiel, freute sich der Posten. Sicher deshalb, weil die deutsche Armee ja besiegt war.

Mein Kumpel geriet einmal beim Organisieren in eine Spritfabrik, in der Wodka hergestellt wurde. Natürlich haben die ihm selbst ordentlich eingeschenkt und nachher fragte er, ob er noch etwas mitnehmen könnte für die Posten. Und als er dann tatsächlich mit einer Büchse Wodka für die Posten zurückkam, hatten wir endgültig gewonnen. Als dann der Straßenbau begann, suchten die Posten schon morgens meinen Kameraden und schickten ihn immer wieder los, um Sprit zu holen. Jedenfalls waren unsere Bewacher Pfundskerle. Manchmal, wenn wir abends zurückkamen, waren die Ingenieure noch da. Die sollten uns natürlich nicht sehen. Und so bedeuteten uns die Posten schon von weitem, wir sollten in Deckung gehen und uns verstecken, bis die Luft rein war. Hätten wir während unserer gesamten Gefangenschaft solche Wächter gehabt, hätten wir schon ein wenig besser gelebt.

Einmal, das weiß ich noch, bekam ich ein Paar neue Arbeitsschuhe. In das Magazin, in dem ich immer das Brot für uns kaufte, gingen nun auch Arbeiter einer in der Nähe gelegenen Ziegelei. Manchmal unterhielt ich mich ein wenig mit dem russischen Mädel, das dort verkaufte. Und da kamen die Ziege-leiarbeiter herein, sahen mich dort stehen und entdeckten auch sofort meine neuen Schuhe. Die wollten sie unbedingt haben und wollten mir dreißig Rubel dafür geben. Aber ich hatte Angst, daß der Russe das herausbe-kommen und ich furchtbaren Ärger bekom-men würde. Ich habe also nicht verkauft. Abends erzählte ich dann den Kameraden davon und die überzeugten mich schließlich, bei nächster Gelegenheit den Handel perfekt zu machen. Und die Gelegenheit kam bald. Diesmal aber begann ich zu handeln und sagte den Russen, dreißig Rubel seien zu we-nig. Na, zum Schluß bekam ich vierzig Rubel und wir tauschten unsere Schuhe. Ich wischte noch den Ziegelstaub von den Schuhen des Arbeiters, daß ich nachher nicht auffiel und ging mit meinen vierzig Rubel zu dem Mädel und kaufte Brot. Ich weiß noch, ein Kilo Brot kostete damals zwei Rubel siebzig. Das junge Mädel an der Theke lachte und meinte: „Na siehst du, nun kannst du dich wenigstens richtig sattessen!"

Ja, ich klapperte so im Umkreis von zehn Ki-lometern von Belgorod die Dörfer ab. So wußte ich nach und nach auch, wo ich was bekam. Einmal kam ich in ein Haus, da saß der Großvater vor der Feuerung und röstete sich Kartoffeln. Selbst sein Bart war schon schwarz vom Feuer. Er stellte mir dann Suppe auf den Tisch und sagte dabei: „Hitler nicht gut! Stalin noch schlechter!" Ja, die Leute dort waren insgesamt nicht gut auf Stalin zu sprechen. Ich glaube heute, daß es ichnen während der Besatzungszeit recht gut gegangen war. Es war ja immerhin auch ein Stückchen hinter der Front und wahrscheinlich hatte es keine Erschießungen oder ähnliches gegeben. Das war unser Glück. Manchmal erzählten die Frauen, wenn ich in einem Dorf ankam, ich sei heute schon der sechste oder siebente Gefangene, und dennoch gab man mir immer noch etwas. Ähnliches hätte ich mir in Deutschland nicht vorstellen können; da wären wohl alle Hoftüren verschlossen gewesen. Die Leute dort waren wirklich gut, das muß ich immer wieder sagen.

Mein Bruder dagegen erzählte genau das Gegenteil. Der war ja in Charkow, das nur vielleicht achtzig oder hundert Kilometer entfernt war. Die mußten dort zerstörte Häuser abreißen und wieder neu aufbauen. Als er

1945 nach Charkow kam und die Gefangenen durch die Stadt marschierten, hätten sie mit Sicherheit Prügel und schlimmeres von der Bevölkerung zu erwarten gehabt, wären die Posten nicht gewesen. Einer der Leute dort wollte meinen Bruder immer wieder aus der Kolonne herausholen und redete auf den Posten ein. Der ließ sich natürlich nicht beirren. Scheinbar verwechselte der Russe meinen Bruder mit irgendeinem deutschen Soldaten, der irgendwo Unheil angerichtet hatte, vielleicht an Erschießungen beteiligt gewesen war. Mein Bruder aber war ja vorher noch nie in Rußland gewesen, hatte als Soldat nur in Deutschland gedient und war erst als Gefangener nach Charkow gekommen. Das hätte für ihn natürlich übel ausgehen können. Möglicherweise hätten ihn die Leute sogar erschlagen.

Wir mußten die Straße, die nach Charkow führte, verbreitern. Das war so eine alte Schotterstraße. Der Straßengraben wurde entsprechend ausgeschachtet und aufgefüllt und zum Schluß wurde die ganze Straße noch mit Asphalt überzogen. Das ging alles noch recht primitiv vonstatten. So mußten sich immer je zwei Mann auf die Walzen setzen und

die mit Petroleum einpinseln, daß der As-
phalt nicht daran kleben blieb. Ja, das war
schon im Herbst 1948. Dann wurde gesagt,
daß alle Gefangenen zu Sylvester nach Hau-
se könnten. Nur von uns war dabei nicht die
Rede. Und so beschlossen wir, im Lager zu
streiken. Wir mußten daraufhin alle antreten,
das war genau zu Neujahr 1949, und der
Russe sagte uns, daß wir alle in Straflager
kämen, wenn wir die Arbeit nicht wieder auf-
nehmen würden, und da würde es uns noch
weit schlechter gehen. Was blieb uns also üb-
rig, wir mußten weiterarbeiten.

Ich hatte zu diesem Zeitpunkt einen Kumpel,
der stammte aus Zweibrücken im Saarland.
Er hieß Alfred, das weiß ich noch, den Nach-
namen habe ich inzwischen vergessen. Je-
denfalls berieten wir uns und beschlossen,
abzuhungern, da wir keine andere Möglich-
keit sahen, irgendwann aus dem Lager ent-
lassen zu werden. Wir haben das dann so
gemacht, daß wir in der Woche hungerten,
also nur unsere Suppe aßen. Das Brot spar-
ten wir auf und aßen alles sonntags. So,
meinten wir, würde es nicht ansetzen, wenn
wir alles mit einemmal essen würden. Das
haben wir auch den ganzen Januar über

durchgehalten. *Gegen Ende des Monats mußten wir wieder vor die Ärztin, aber wir wurden immer noch in Arbeitsgruppe zwei eingestuft. Da gaben wir auf und haben wieder normal gegessen. Man muß sich das mal vorstellen: wir bekamen pro Tag sechshundertsiebzig Gramm Brot und zusätzlich bei guter Normerfüllung nochmal zweihundert Gramm, also über achthundert Gramm am Tag und das mal sechs. Da hatten wir dann am Sonntag immer fast fünf Kilo Brot, das wir in einem Ritt aufaßen. Natürlich, wenn man das Brot zusammendrückte, dann blieb es zusammen. Das war so ein schwarzes Kastenbrot. Man konnte es essen und brauchte nichts zum trinken dazu, so feucht war es. Die Russen schöpften den Teig mit Kellen in die Formen, so flüssig war der. Und sie ließen es auch nicht richtig ausbacken, Hauptsache, das Gewicht stimmte. Aber dennoch: eigentlich glaubt das kein Mensch, daß wir an einem Tag soviel essen konnten. Na ja, wir begannen immer gleich früh mit der ersten Portion, vormittags die nächste und so ging das den ganzen Tag, bis das Brot alle war.*

Wir kamen im Laufe der Zeit natürlich auch

auf allerhand andere Ideen. *Einer von uns meinte, man brauche die Suppe nur so heiß und so schnell wie möglich trinken, und schon hätte man etwas Fieber. Das probierte ich aus, ging zur Krankenstation, erklärte, ich würde mich nicht gut fühlen und tatsächlich: meine Temperatur war auf 37,3 Grad angestiegen. Man konnte dann meistens drin bleiben und mußte nicht zur Arbeit. Ich hatte mich schon ein wenig krumm vor der Ärztin aufgebaut, um von vornherein einen kranken Eindruck zu machen. Na, und blaß sah ich immer aus. Die Ärztin meinte: „Na, Musick, warum immer so blaß?" Ich antwortete: „Ja, Frau Doktor, wenn ich liege, fühle ich mich gut. Wenn ich arbeite, habe ich immer Stiche links in der Brust." Ich wurde nun sehr gründlich untersucht. Auch der deutsche Oberarzt, der im Lager war, untersuchte mich und klopfte auf meinem Brustkorb herum. Auf einmal fragte er: "Sag mal, hast du mal eine Rippenfellentzündung gehabt?" Nun log ich natürlich als ich sagte: „Ja, bei den Soldaten!" Das war dann auch für die russische Ärztin eine Erklärung für die Stiche in der Brust. So kam es, daß ich nicht mehr arbeiten mußte, sondern zur Wache am Magazin eingeteilt wurde. Der Ver-*

walter des Magazins war ein deutscher Oberleutnant, der aus Landsberg kam. Als der meinen Namen hörte und erfuhr, daß ich aus der Nähe von Beeskow stammte, stellte sich heraus, daß seine Mutter in Beeskow lebte. So hatten wir natürlich von vornherein eine recht gute Beziehung zueinander.

Im Magazin wurden Lebensmittel gelagert. Fleisch, Gemüse, Tomaten, Kartoffeln und so weiter. Der Oberleutnant sagte dann: „Musick, wenn ich morgens komme, hast du eine Portion Kartoffeln fertig. Dann essen wir." So habe ich dann tagsüber immer versucht, wenn die Russen Vorräte brachten, hier und dort ein Stückchen Fleisch abzuschneiden und ein paar Kartoffeln abzuzweigen. Und nachts, wenn ich Wache halten mußte, briet oder kochte ich die ergatterten Lebensmittel dann. Einmal hatte ich Kartoffeln geschält, sie in eine Büchse mit Deckel getan und immer über dem Feuer gedreht. Das Ergebnis fiel so ähnlich wie Kartoffelbällchen aus und der Oberleutnant war begeistert von meiner „Spezialität". Das wollte er dann später immer wieder haben.

Ein paar Wochen später mußte ich wieder

zur Ärztin, diesmal natürlich gut genährt und mit runden Backen. Als sie mich sah, lachte sie schon und fragte, wie es mir denn geht. Ich sagte: „Sonst gut, aber immer noch die Stiche in der Brust." Ich konnte gehen und verbrachte auch noch die nächsten vier Wochen im Magazin. Das war eine richtig gute Zeit, in der ich nicht zu hungern brauchte.

Paul Musick erzählt voller Frische von all diesen Erlebnissen und Erfahrungen. Er schmunzelt noch heute darüber, welchen Einfallsreichtum die Kriegsgefangenen an den Tag legten wenn es darum ging, sich den einen oder anderen winzigen Vorteil zu verschaffen. Und wie wichtig die Belange der Verpflegung werden können, kann sicher nur der ermessen, der richtigen Hunger erlebt hat. Schwer vorstellbar in unserem Leben voller Überfluß. Während wir wählerisch geworden sind, ging es damals nur um Nahrung schlechthin, egal welcher Art. Ich glaube, daß manch einem der Männer damals ein paar notdürftig gegarte Kartoffeln eine größere Delikatesse waren, als es uns heute ein Menü im Restaurant ist.

Es muß im April 1949 gewesen sein. Da kamen plötzlich einige Brigaden, ich war auch dabei, weg vom Hauptlager in Belgorod. Wir bezogen ein anderes Lager, in dem wir wieder zunächst neue Baracken aufbauen mußten. So folgten wir praktisch dem Bau der Straße. Ich befürchtete, daß sich die Lage jetzt verschlechtern würde, zumal in dem Nebenlager auch kein Arzt war. Nachdem wir ein paar Wochen gearbeitet hatten, kamen im Mai einige LKWs vorgefahren. Eine Namensliste wurde verlesen und wir mußten mit Sack und Pack wieder zurück ins Hauptlager. Es hieß, ein neuer Transport mit Heimkehrern sollte zusammengestellt werden. Nun war es so, daß die einzelnen Brigadiere aus jeder Brigade zwei oder drei Mann als Bestarbeiter führten, mit einem Durchschnitt von vielleicht 130 Prozent. Da wurden dann Späße gemacht und einige sagten: „Paß mal auf, Paul, die Bestarbeiter werden noch hierbleiben und die anderen können fahren!" Und so kam es dann auch tatsächlich...

Im Hauptlager ging es zunächst mal wieder zur Ärztin. Anfangs erfuhr keiner so richtig, was los war. Die Ärztin untersuchte und schrieb und schrieb. Erst diejenigen, die dann ihren Strohsack und die Decke in der Kleiderkammer abgeben sollten, wußten mit Sicherheit, daß sie mit zu den Heimkehrern gehörten. Ich war sehr gespannt. Ein Oberzahlmeister kam wieder aus der Kammer heraus und meinte: „Ich kann meinen Krempel behalten, ich bin wieder nicht dabei." Ja, dann war die Reihe an mich gekommen und ich stand vor der Ärztin. Auf ihre Frage nach meinem Befinden erwähnte ich wieder die Stiche in der Brust. Sie schaute mich an und sagte: „Sie können gehen!" Und nun ging ich zur Kleiderkammer hinüber um mein Zeug abzugeben und siehe da, mein Name stand auf der Liste.

Noch bevor es dunkel wurde, stiegen wir auf LKWs und wurden zu einem Sammellager für Heimkehrer gefahren. In diesem Lager gab es so eine kleine Blaskapelle und als unsere LKWs durchs Tor fuhren, spielten die den Marsch „Alte Kameraden". Unser Politoffizier, das war ein Deutscher aus Sachsen namens Bornemann, wurde richtig verrückt und die Kapelle mußte sofort aufhören zu spielen. Dieser Bornemann war im Winter 48/49 auch verantwortlich für Umschulungen. Es ging darum, uns antifaschistische und kommunistische Ideen zu vermitteln. Auch um die Zukunft in Deutschland ging es bei diesen Vorträgen, die wir alle besuchen sollten. Es gingen aber immer nur wenige von uns hin. Und ich kann mich noch erinnern, wie dieser Bornemann deshalb eines Tages in unsere Baracke kam, herumbrüllte und schrie: „Wenn es nach mir ginge, würde keiner von euch Deutschland je wiedersehen!" Das muß man sich mal vorstellen! Uns, die wir schon jahrelang gefangen waren, so etwas zu sagen. Wir hatten doch kein Interesse an irgendwelchen Schulungen. Unser Interesse war essen und am Leben bleiben und nach Hause kommen und sonst nichts!

Irgendwann fuhren wir in der Nacht weiter und erreichten ein anderes Lager. Ich weiß heute nicht mehr, wo genau das war. Wir saßen dann dort in einer Baracke, in der schon andere Landser waren. Und die fragten uns natürlich, wo wir denn herkämen und hinwollten. Wir sagten, wir wären aus Belgorod und sollten von hier aus heimfahren. Da lachten die und sagten: „Wir sind schon seit vierzehn Tagen hier und sollten auch heimfahren. Inzwischen arbeiten wir schon wieder!" Ja, ich dachte: „Da haben die uns also wieder belogen, hier kommst du nie wieder weg..." Wir waren dann auch wirklich einige Tage dort, es mag vielleicht eine Woche gewesen sein. Doch eines Abends wurde es wirklich ernst. Da hieß es dann: „Varieté für Heimkehrer!" Die hatten da so eine Truppe beisammen aus Komikern und Sängern und solchen Leuten. Es gab ja unter den Soldaten die unterschiedlichsten Berufe. Und die sangen für uns, machten Witze und dergleichen. Alles für uns Heimkehrer. Später mußten wir uns in einem Raum an Bottichen waschen und am ganzen Körper die Haare abrasieren. Anschließend bekamen wir neue Unterwäsche und Bekleidung.

Am nächsten Tag stiegen wir wieder auf LKWs und fuhren zurück nach Belgorod. Aber diesmal nicht wieder ins Lager, sondern wir wurden direkt in die Stadt gebracht. Auf einem weiträumigen Hinterhof, der von großen Wohnblöcken und Fabrikgebäuden umgeben und von draußen auch nicht einsehbar war, wurden wir alle gesammelt. Einige von uns konnten von irgendeiner Stelle aus das Bahngleis sehen und tatsächlich stand dort auch ein Güterzug bereit. Den ganzen Tag über mußten wir warten. Abends endlich hieß es: „Antreten!" und wir marschierten zum Bahnhof. Dort brannte ein großes Feuer und daneben saßen einige russische Offiziere. Wir wurden alle nochmal durchsucht und alles das, was nicht erlaubt war, wurde dann in dieses Feuer geworfen. Ich besaß noch das bereits erwähnte kleine Notizbuch mit den Namen und Anschriften derjenigen, die ich im Laufe der Jahre beerdigt hatte und deren Angehörige ich benachrichtigen wollte. Da ich aber schon zweimal auf der Liste der Heimkehrer gestanden hatte und doch jedesmal in Rußland geblieben war, warf ich dieses Büchlein vorsichtshalber auch ins Feuer. Ich hatte Angst, wegen dieser Notizen Ärger mit den Russen zu bekommen und wieder nicht nach Hause zu können.

Ja, und noch am selben Abend saßen wir dann in den Waggons mit unseren wenigen Habseligkeiten. Eigentlich hatten wir ja nur noch einen Löffel, eine Blechbüchse und den Brotbeutel. Der Zug setzte sich in Bewegung und fuhr dicht an unserem Lager vorbei. Daneben war auch gleich ein Bahnübergang. Die anderen, die dageblieben waren, sahen uns fahren und winkten uns zu. Die wußten ja *auch, wo wir hinfuhren.*

Von anderen Heimkehrern, die irgendwann mal geschrieben hatten, wußten wir, daß es auf der Heimfahrt soviel zu essen gegeben hätte, daß man die Portionen kaum schaffen könnte. Wir wurden da enttäuscht. Klar, immer wenn der Zug hielt, gab es etwas zu essen, aber auch nicht mehr als im Lager und ich hatte ständig Hunger. Auf irgendeinem Bahnhof stand ein halber Zug, der noch an unseren gekoppelt wurde. Das war auch ein Transport Heimkehrer, ich weiß nicht, aus welcher Gegend die kamen. Jedenfalls hatten die in einem Waggon eine eigene Küche. Irgendwann bei einem Aufenthalt kamen wir auch mit denen ins Gespräch und die erzählten uns wieder von großen Essensportionen, die sie kaum schaffen würden. So unterschiedlich war das eben manchmal. Natürlich konnten wir ab und zu von deren Küche noch einen zusätzlichen Schlag Suppe ergattern.

So vergingen die Tage und irgendwann erreichten wir Brest. Hier wurden wir in einen anderen Zug verladen, denn ab hier war ja Schmalspur bei der Bahn. Vorher wurden al-

le nochmal kontrolliert. Weiß ich, vielleicht haben die Russen nochmal nachgesehen, ob nicht vielleicht doch noch einer mit SS-Marke unter uns war... Das alles ging wieder mit einer Namensliste. Und ich wartete. Ein Name nach dem anderen wurde aufgerufen und ich war immer noch nicht dabei. Ich wurde so an viert- oder fünftletzter Stelle aufgerufen und hatte bis zum Schluß Angst, wieder aus irgendeinem Grund gestrichen worden zu sein. Aber es ging alles gut.

Wir fuhren durch Polen. In einem Dorf in Westpreußen hielten wir an. Einer von uns meinte plötzlich: „Das Dorf da kenne ich doch, ich hab da früher mal gewohnt!" Und tatsächlich. Als wir ausgestiegen waren, unterhielt der sich mit ein paar Polen und die kannten ihn auch noch von früher. Er verschwand dann kurz mit den Leuten und kam mit Brot wieder.

Es ging dann weiter. Endlich erreichten wir Frankfurt an der Oder. Alle stiegen aus, wieder wurden Namenslisten verlesen und wieder mußte ich sehr lange warten, bis ich endlich aufgerufen wurde. Als diese Prozedur zu Ende war, marschierte die ganze Kolonne nach Gronenfelde, wo ja das Auffanglager war. Ich kann mich noch an eine Straße erinnern, durch die wir marschierten. Da waren alle Häuser zerstört und ausgebrannt. Ich hab da zum erstenmal gesehen, wie dieser Krieg auch in Deutschland gewütet hatte. Dann waren wir endlich in den Baracken. Die Heimkehrer, die aus Westdeutschland stammten, wurden gleich aussortiert. Für die ging am selben Abend noch ein Zug über Thüringen in Richtung Heimat. Und das waren die meisten von uns. Es blieb eigentlich nur noch eine Handvoll Männer zurück. Ich ging einfach zu einem Offizier und sagte: „Ich hab doch nur dreißig Kilometer bis Grunow. Kann ich nicht auch noch heute abend fahren?" Aber die ließen nicht mit sich reden. Erst am nächsten Morgen, hieß es.

Am kommenden Tag dann ging es endlich los. Ich hatte mich schon erkundigt, wann ein Zug fuhr. Irgendwo entdeckte ich noch zwei, drei Kommißbrote, die ich mir in den Brotbeutel steckte und konnte mich endlich auf den Weg zum Bahnhof machen. Der Bahnsteig war ziemlich leer. Ich sah mich um in der Hoffnung, vielleicht einen Bekannten zu

*entdecken. Schließlich stieg ich in den Zug.
Da traf ich einen, der auch noch eine alte
Militäruniform anhatte. Der fuhr von Frankfurt nach Müllrose zur Arbeit. Wir kamen ins
Gespräch und ich fragte ihn: „Wie sieht's
aus in Deutschland? Gibt es genug zu essen?" „Ach wo," sagte er „wenig zu essen
und alles auf Marken!" Na, da lud ich ihn
ein und wir haben uns so richtig an dem Brot
sattgegessen, das ich bei mir hatte. Ja, und
dann kam ich in Grunow auf dem Bahnhof
an. Ich war wieder daheim.*

Nach langen Jahren der Entbehrungen betritt
Paul Musick endlich wieder heimatlichen
Boden. Nach Jahren, in denen die Minuten zu
Stunden und die Stunden zu Tagen wurden.
Welch unbeschreibliches Gefühl muß die
Heimkehrer damals erfaßt haben. Oder viel-
leicht waren sie einfach zu müde und aus-
gebrannt, um überhaupt etwas fühlen zu
können. Es kann sein, daß sie nur so etwas
wie eine unbeschreibliche Leere in sich spür-
ten, die alles andere völlig überschattete.
Möglicherweise erlebten sie den Augenblick
der Heimkehr bewußt erst Tage, Wochen,
Monate später. Ich weiß es nicht.

Die Heimat

Der Krieg ist nun erst wirklich zu Ende für Paul Musick. Jetzt, wo er sein Heimatdorf wiedersehen wird, in dem er geboren und aufgewachsen ist. So manches wird sich geändert haben. Das Deutschland, das er einst verließ, gibt es nicht mehr und den neuen Staat kennt er noch nicht. Aber ich glaube, diese Gedanken gingen dem Heimgekehrten sicher nicht vordergründig durch den Kopf. Es muß für ihn nach all den Jahren Lagerhaft gewesen sein wie für jemanden, der eine fremde Welt betritt. Und vor allem eine Welt, die keine ständige Bedrohung mehr darstellt. Ein Leben ohne Angst, ohne Hunger, ohne Krankheit, ohne Tod. Und natürlich hatte Herr Musick das Glück in ein Dorf heimzukehren, das nicht durch Bomben und Granaten ausgelöscht war wie so manch anderer Ort nach diesem Krieg. Auf ihn warteten ein Haus, ein Hof, eine Wirtschaft. Auf ihn wartete endlich das Leben.

Auf dem Bahnhof holte mich mein Bruder ab. Ich hatte am Abend zuvor telefoniert und bescheidgesagt, wann ich kommen würde. Er hatte zwei Fahrräder dabei, eins mit normalen Reifen und das andere mit Hartgummirädern. Ja, wir haben uns begrüßt und ich staunte, wie groß mein Bruder geworden war. Ich hatte ihn 1943 zum letztenmal gesehen. Zu Hause dann war die Freude bei Mutter und Vater natürlich groß! Meine Mutter hat Eierkuchen gemacht, das weiß ich noch. Ich kam genau zu Pfingsten zurück, am Freitag dem dritten Juni 1949. Am Sonntag ging ich nach Briesen im Anzug meines Vaters. Da war so eine Tanzveranstaltung. Die Kapelle spielte Musik, irgendwelche neuen Sachen, die ich alle nicht kannte. Na, tanzen konnte ich sowieso nicht, ich habe nur zugesehen. Das war dann eigentlich mein erstes Erlebnis in Deutschland nach all den Jahren im Krieg und in der Gefangenschaft.

Und jetzt begann natürlich wieder mein normales Leben auf dem Hof meines Vaters, wo ich in der Folgezeit arbeitete. Es waren ja inzwischen auch alle wieder zu Hause. Es ist übrigens ein seltener Glücksfall, daß der Vater und alle drei Söhne aus diesem elenden Krieg heimgekehrt sind. Es ist fast ein einmaliger Fall. Ganz im Gegensatz dazu steht

Diesen Anblick bietet das Dorf heute dem
Heimkehrenden aus nördlicher Richtung.

eine andere Familie hier aus dem Dorf, deren Kinder alle meine Schulkameraden waren. Da waren auch drei Söhne, davon sind zwei gefallen. Und den letzten haben die Russen nach Kriegsende geholt und in ein Lager gesteckt, wo er dann auch noch verstorben ist. Und so mußte dieser Hof später verkauft werden, weil keine Nachkommen mehr da waren.

Mein ältester Bruder, der bei der Luftwaffe gedient hatte, kam schon im Januar 1946 aus Bayern nach Hause und mein jüngerer Bruder kehrte im Juli 1948 zurück. Mein Vater war ja damals alleine auf dem großen Hof und konnte das geforderte Soll einfach nicht schaffen. So gab es eben beträchtliche Rückstände, als ich 1949 nach Hause kam. Und es war so, daß wir nicht einmal ein Schwein schlachten durften, solange das Soll nicht erfüllt war. Da habe ich einfach heimlich ein Schwein in einen Kasten gesperrt und es mit dem Pferdewagen nach Groß Briesen zu meinem Onkel gebracht. Der konnte schlachten und so haben wir das kurzerhand auf seinem Hof gemacht. Am nächsten Tag habe ich dann die Wurst und den Schinken wieder abgeholt.

Die Pferde, die wir damals besaßen, waren auch in keinem besonders guten Zustand, so daß wir für die Arbeit dringend neue brauchten. Genug Geld dafür hatten wir natürlich auch nicht. Weil wir aber unser Soll nicht erfüllt hatten, konnten wir eben auch die freien Spitzen nicht abliefern, die ja ein Vielfaches des normalen Preises erzielt hätten. Ich hatte damals schon meine Freundin Hildegard Fabian, die hier in einer Siedlung lebte. Da habe ich dann nachts drei Schweine genommen und sie heimlich dorthin gekarrt. Die wurden am nächsten Morgen verladen und auf Fabians Namen nach Friedland gebracht. Na, und irgendwann hatte ich genug Geld für ein neues Pferd zusammen, so daß ich nun wieder ein vernünftiges Gespann besaß. Und so habe ich mich nach und nach wieder hochgewirtschaftet.

Natürlich gab es auch Leute im Dorf, die versuchten, mir bei meinen Bemühungen Knüppel zwischen die Beine zu werfen. Aber das ist lange her, Vergangenheit. Doch fest steht, daß Hilfsbereitschaft und dergleichen nicht immer vorhanden war und teilweise eben auch gänzlich fehlte. Es war sowieso schwierig für mich in der Zeit nach dem

Krieg. Ich war ja frisch aus Rußland gekommen und wußte gar nicht so richtig, wie die ganze Wirtschaft lief. Außerdem ist man nach vielen Jahren hinter Stacheldraht doch ein anderer Mensch geworden. Man muß sich erst nach und nach wieder ins Zivilleben einordnen und einfügen.

1954 bekam ich die Wirtschaft von meinem Vater überschrieben. In dieser Zeit war ich auch schon verheiratet. Wir mußten damals viel Kartoffeln abliefern. Das waren im Jahr immerhin siebenhundert Zentner Speisekartoffeln, und die wollten erstmal gebuddelt und sortiert sein. Und zusätzlich noch zweihundertdreißig Zentner Roggen, der ja auch noch während der Ernte gedroschen werden mußte. Ja, und ich möchte nicht vergessen zu erwähnen, daß es natürlich auch Leute gab, die mir halfen. Dafür bin ich heute noch sehr dankbar. Einer besaß zum Beispiel damals schon einen Traktor, und da konnte ich dann meinen Anhänger mit vielleicht siebzig Zentnern Kartoffeln anhängen und der fuhr die ganze Ladung dann nach Weichensdorf. Und das für den geringen Preis von vielleicht zwei oder drei Mark. Das muß ich hoch anerkennen. Auch zwei Frauen, Mutter und Tochter, die Umsiedlerinnen waren und auf meinem Hof wohnten, halfen tatkräftig bei der Ernte. Die Tochter führt mir bis heute den Haushalt, was ich hoch anerkennen muß. Auch mein Schwiegervater, der mit seiner Mutter zu mir auf den Hof gezogen war, half tüchtig. Eine andere Frau aus dem Dorf packte bei der Kartoffelernte mit an und ihr Sohn, der damals noch zur Schule ging, hütete die Kühe. Und auch später, als meine Frau schon tot war und ich noch arbeiten mußte und sogar noch ein paar Bullen im Stall hatte, wurde mir Hilfe zuteil von verschiedenen Leuten aus dem Dorf. Der eine half mir stets bereitwillig beim Mähen der Wiese und beim Schneiden von Holz, da er eine Motorsäge besaß. Ein anderer kam dann mit seinem Heuwender, so daß ich ausreichend Viehfutter hatte. Auch mein jüngerer Bruder hat mich sehr tatkräftig unterstützt, der zu dieser Zeit sein Geld im EKO in Eisenhüttenstadt verdiente. So waren eine ganze Menge Leute da, die die viele Arbeit bewältigen konnten.

Wir haben es gemeinsam geschafft, meine Wirtschaft wieder leistungsfähig zu machen und auf den gleichen Stand zu bringen, auf dem die anderen Höfe im Ort waren. Als wir dann soweit waren, daß unser Soll erfüllt wurde, konnten wir endlich auch freie Spitzen verkaufen in Form von beispielsweise Milch, Schweinen und Rindern. Dann war auch soviel Geld vorhanden, daß ich es ermöglichen konnte, daß mein Vater und mein Schwiegervater, meine Mutter und die Umsiedlerfrau, die ich schon erwähnt hatte, die beide damals noch keine Rente bekamen, bei mir versichert werden konnten und ihnen dann später auch eine Rente zustand.

Ohne Hilfe wäre ich kaum in der Lage gewesen, die damals ungefähr zwanzig Hektar große Wirtschaft zu erhalten. Ich war eigentlich das, was der Russe als „Großbauer" bezeichnete und diese Höfe sollten ja wirtschaftlich bewußt nicht zu stark werden. So war es wirklich sehr schwierig, auf die Beine zu kommen. Man mußte schon so manche Hintertür finden, sich manches einfallen lassen. Und man war, das möchte ich immer wieder betonen, auf Hilfen angewiesen, die für wenig Geld bereit waren, einem unter die Arme zu greifen. Ich kann heute nur immer wieder dankbar sein, daß es solche Menschen gegeben hat.

Ja, das sind so alles Erfahrungen, die ich gesammelt habe. Gerade in solch einem kleinen Dorf muß man Freundschaft zu allen Menschen halten. Es liegt mir nicht, irgendwelchen Haß zu säen. Wir sind alle nur Menschen und Fehler macht jeder einmal. Das darf man keinem übelnehmen. Man muß jedem Nachbarn wieder einen guten Tag oder einen guten Morgen wünschen können...

Die letzten Worte verklingen leise, aber mit Kraft und Nachdruck im Raum. Wir lauschen der Stille nach, die sich plötzlich breitmacht. Viele Tonbandkassetten sind gefüllt und das kleine Diktiergerät hat einige Batterien verbraucht.

Ich kann mich auch heute noch gut an jenen Augenblick im Winter erinnern, als Paul Musick seinen Bericht abschloß. Seine Erzählungen schlugen mich in ihren Bann. Als ich an jenem Tag nach Hause ging war mir, als nähme ich ein Geschenk mit. Den Bericht eines mittlerweile alt gewordenen Mannes, um dessen Erfahrungen ich ihn nicht beneide. Dem ich aber dankbar bin, daß er mich an einem langen und schweren Kapitel seines Lebens teilhaben ließ.

Nun sind einige Monate ins Land gegangen. Der Sommer geht zu Ende, die Nächte sind schon empfindlich kalt und an den Bäumen zeigen sich die ersten gelben Blätter. Es ist bereits ein wenig Herbstluft zu riechen. Die meisten Felder rings um unser kleines Dorf sind abgeerntet und liegen kahlgeschoren und gelbstopplig vor dem Horizont.

Bald werden die ersten Fröste kommen und unser Dorf wird sich zum Winterschlaf rüsten. Und ich werde daran denken müssen, wie ich im letzten Winter den Bericht eines Mannes hörte, der die Hölle der Kriegsgefangenschaft in den russischen Weiten miterleben mußte.

Bereits im Jahre 2002 bei
Books on Demand erschienen

Regen-
Tropfen

Lyrik & Prosa

Christoph Kreide

ISBN 3-8311-3480-4

Regen-Tropfen

Bei dem vorliegenden Buch handelt es sich um eine illustrierte Zusammenstellung von Lyrik und Prosa. Dem Autor kam es vor allem darauf an, Natureindrücke zu schildern, Empfindungen darzustellen. Viele der Arbeiten beziehen sich direkt auf die einzigartige niederlausitzer Landschaft, in der der Autor seit Jahren lebt und arbeitet. Die abwechslungsreiche Natur, die vielfach voller Kontraste steckt, inspiriert fast zwangsläufig zum Schreiben. Man begegnet Landschaften voller Urwüchsigkeit und Dörfern, in denen die Zeit stehengeblieben zu sein scheint. Diese Eindrücke, oft voll tiefer Melancholie wie herbstliche Regenabende, spiegeln sich in einem großen Teil der Gedichte und Kurzgeschichten wider.

Auch die Illustrationen, die ebenfalls vom Autor stammen, versuchen ein paar Gesichter der Landschaft zu zeigen. Einige sind während der Vorarbeiten am Buch entstanden, andere lagen bereits im Atelier. Und so abwechslungsreich die Landschaft, so unterschiedlich sind auch die verwendeten Techniken. Sie reichen von der aquarellierten Federzeichnung bis hin zum Ölgemälde.

Das Buch „Regen-Tropfen" soll ein wenig zum Nachdenken und Träumen anregen, etwas Ruhendes in der Hektik der Zeit sein. Eine Lektüre, die beim Blättern immer wieder etwas Neues entdecken läßt.

Frühsommer

Leichter Dunst in der Luft.

Fühlbar, kaum die Sicht behindernd.

Atem des moorigen Bodens.

Kündend die Nähe des Sees.

Grün sind die hohen Halme.

Wind bewegt sie und sie flüstern.

Nicht weit reicht der Blick, aber doch bis hoch zum

Himmel.

Wärme liegt auf dem Land.

Wie eine Decke aus Daunen im Winter.

Bäume recken mächtig ihre Kronen.

Genährt von sumpfiger Erde.

Blätter rascheln und breiten ihren Schatten aus.

Die Luft ist süß vom Duft der Blüten.

Berauschend und fern und seltsam.

Wie ein orientalisches Märchen.

Still ist es.

Gut tut der Sang der Vögel und das Summen der Insekten.

Weit in die Ferne rückt die Welt.

Das Morgen wird Nebensache.

Taumlig erhebt sich ein Schmetterling.

Ob er wohl weiß, wie schön es hier ist?

Morgenluft

Am Morgen war die Luft klar, sauber und rein.

Niemand dachte an Schmutz oder Unrat.

Der Gedanke an Böses lag fern.

Nichts war da, das an der Wahrheit hätte zweifeln lassen.

An der großen Wahrheit, an die jeder insgeheim glaubt.

Keiner sagte, daß die Menschen schlecht wären.

Nicht an so einem Morgen.

Niemand legte die Stirn in Falten an diesem Morgen,

als wäre er mit etwas nicht einverstanden.

Das Radio war leise eingestellt an diesem Morgen,

als die Nachrichten kamen vom Krieg und vom Tod.

An diesem Morgen.

Als die Luft so sauber war und rein...